HAND OF FATE

HAND OF FATE 01
PREMIÈRE ÉDITION

Hand of Fate a d'abord été publié sur webtoonfactory.com et l'application Webtoon Factory. Le sens de lecture est ainsi prévu de haut en bas.

SCÉNARIO
Shelter

DESSIN, COULEURS
Oto-San

ÉDITEUR
Éloi Morterol

MISE EN PAGE ET LETTRAGE
Hugo Ferrante

MAQUETTE DE COUVERTURE
Pierre-Yann Lallaizon avec Thibaud Sicard
STUDIO RECTO VERSO

RELECTURE
Jean-Baptiste Chouvenc

Dépôt légal :
juin 2024 – D. 2024/0089/225
ISBN 978-2-8085-0754-7

Éditions Dupuis s.a, rue Destrée 52,
6001 Marcinelle, Belgique.

SHELTER 01 OTO-SAN

HAND OF FATE

K FACTORY

SOMMAIRE

PROLOGUE

TOUTES LES HISTOIRES NE FINISSENT PAS FORCÉMENT BIEN.
LES HISTOIRES...
... SONT UN PEU COMME DES FILS.

PARFOIS, ELLES S'EMMÊLENT.
PARFOIS, ELLES S'ENLACENT.

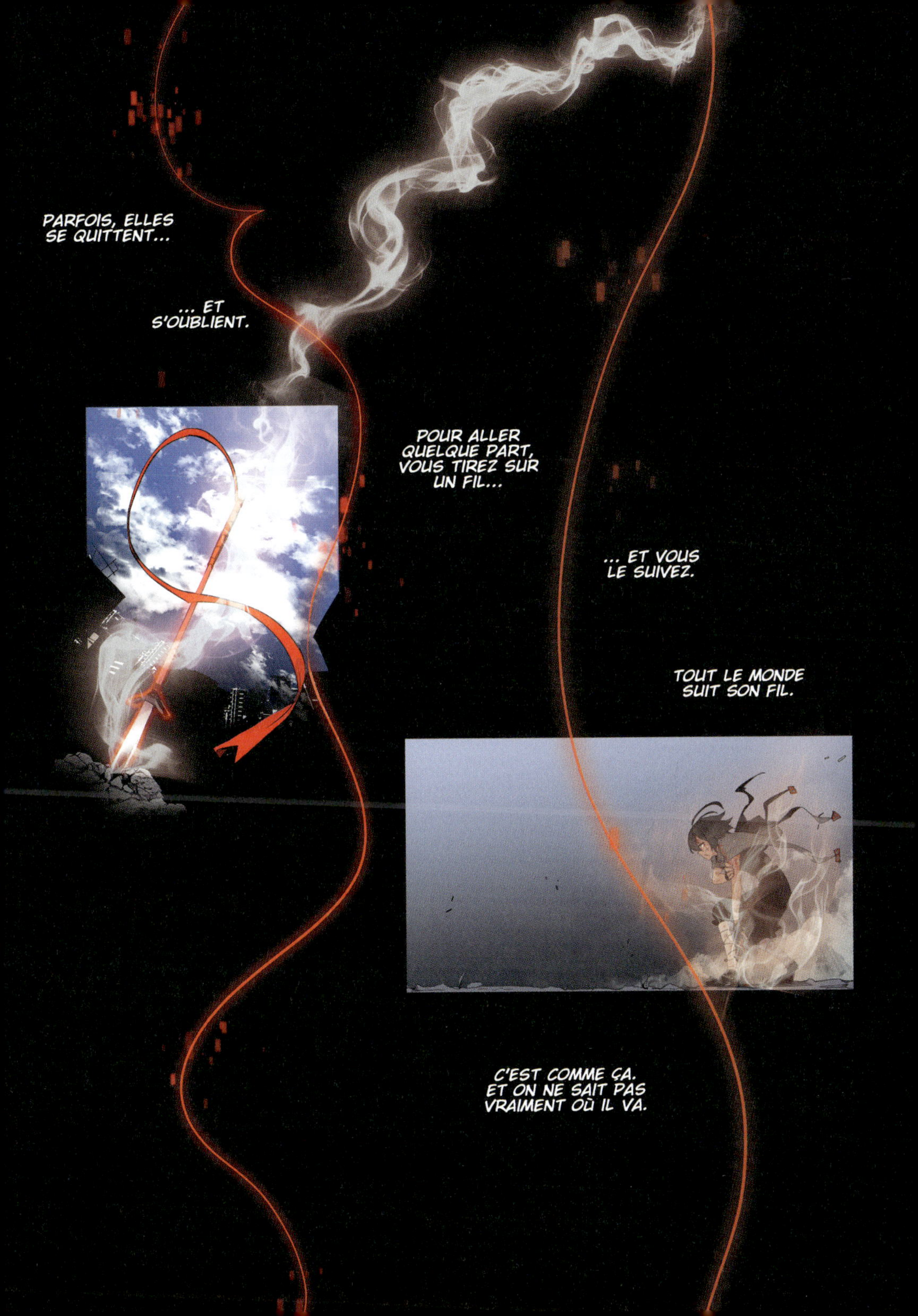
PARFOIS, ELLES SE QUITTENT...
... ET S'OUBLIENT.
POUR ALLER QUELQUE PART, VOUS TIREZ SUR UN FIL...
... ET VOUS LE SUIVEZ.
TOUT LE MONDE SUIT SON FIL.
C'EST COMME ÇA. ET ON NE SAIT PAS VRAIMENT OÙ IL VA.

MAIS UNE CHOSE EST SÛRE...
... C'EST QU'IL Y A TOUJOURS UNE FIN.

TU EN AS ASSEZ ?
TU AURAS BEAU ESSAYER, PEU IMPORTE LE NOMBRE DE FOIS...
... CE SERA TOUJOURS VAIN.
HA...
ÇA, TU N'EN SAURAS RIEN AVANT D'AVOIR VU LA FIN DE L'HISTOIRE...
PARCE QUE JE SUIS LA CONTEUSE.

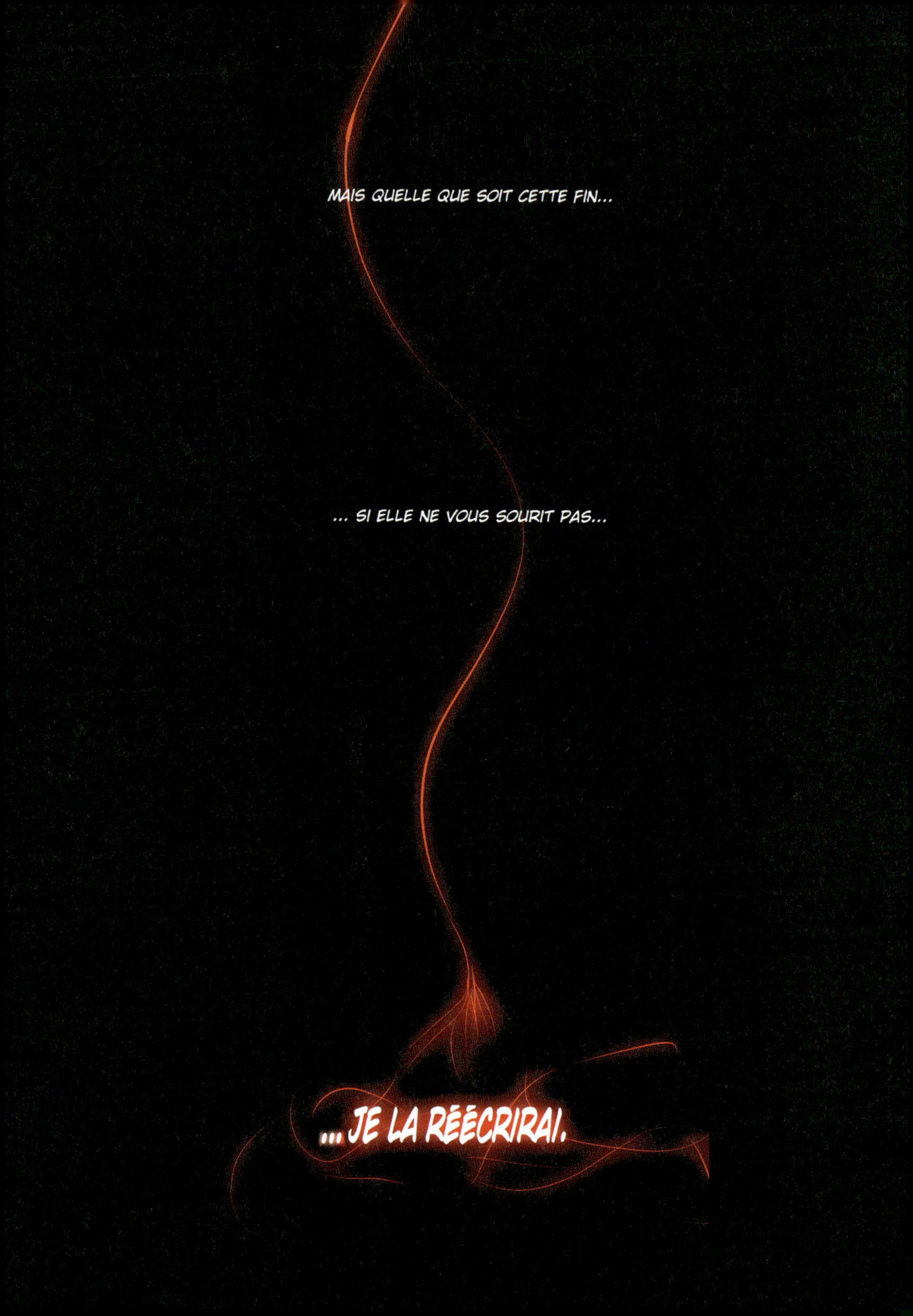
MAIS QUELLE QUE SOIT CETTE FIN...
... SI ELLE NE VOUS SOURIT PAS...
...JE LA RÉÉCRIRAI.

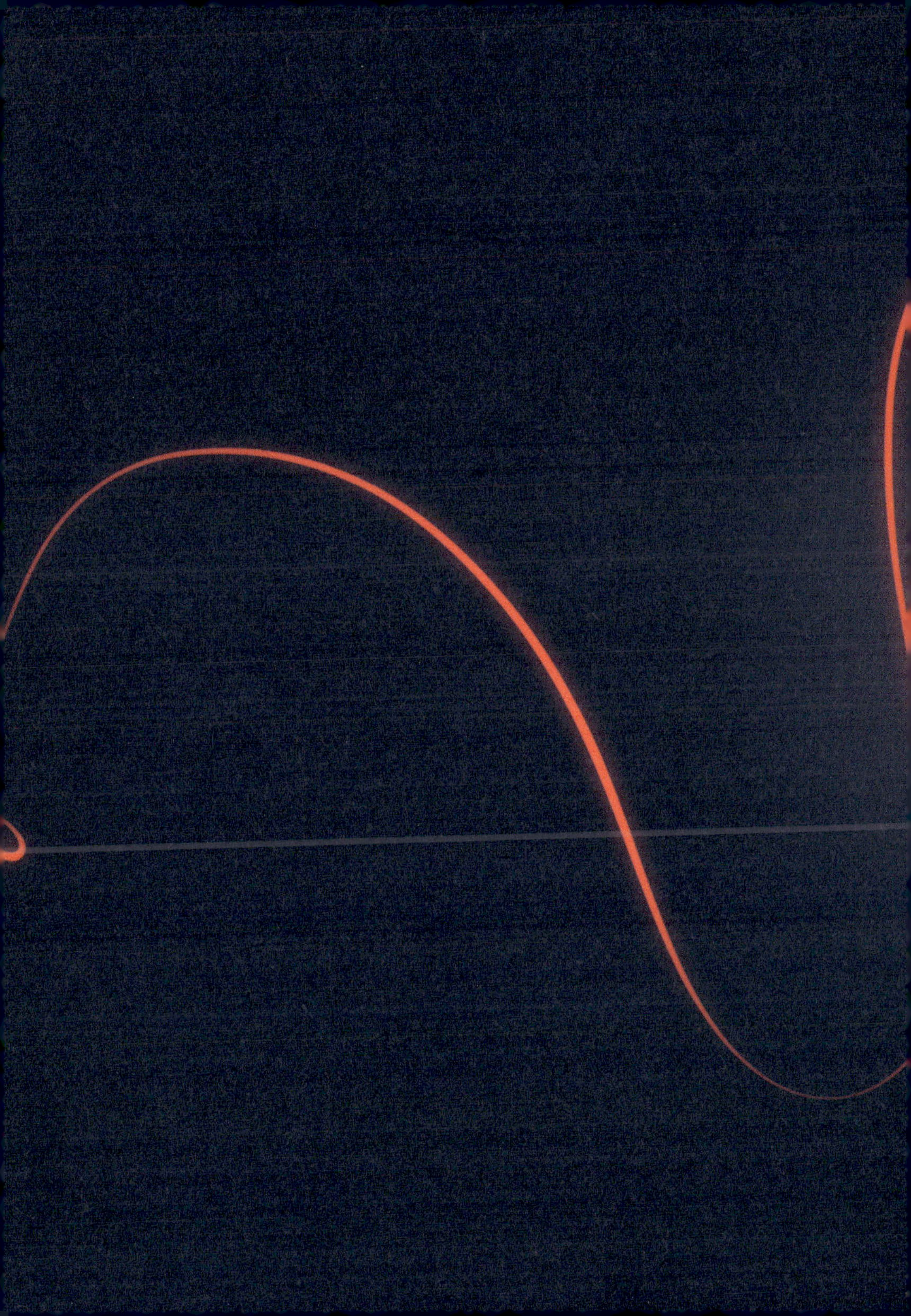

CHAPITRE 01

TAK
TAK
TAK
TAK
7:25
TAK
TAK
TAK
TAK
TAK
TAK

TAK
Karin et le Théâtre de Âmes. Par Erin Iraquiel.
TAK
FUWAAAAH !
CETTE PARTIE, C'EST FAIT !
PLUS QU'À ÉCRIRE LA FIN CE MIDI !
EEET...
VOILÀ !
TAK
BRRR.
BRRR...
Lucas

COUCOU, LUCAS.
DIS, T'AS VU L'HEURE ?
JE SUIS EN BAS DEPUIS UN QUART D'HEURE, QU'EST-CE QUE TU FAIS ?
AH, DÉJÀ ?
J'AI MÊME PAS COMMENCÉ À ME PRÉ-
SÉRIEUSEMENT ?
TU TE RAPPELLES, ALLER À L'ÉCOLE, TOUT ÇA...
7:30
OH MERDE !

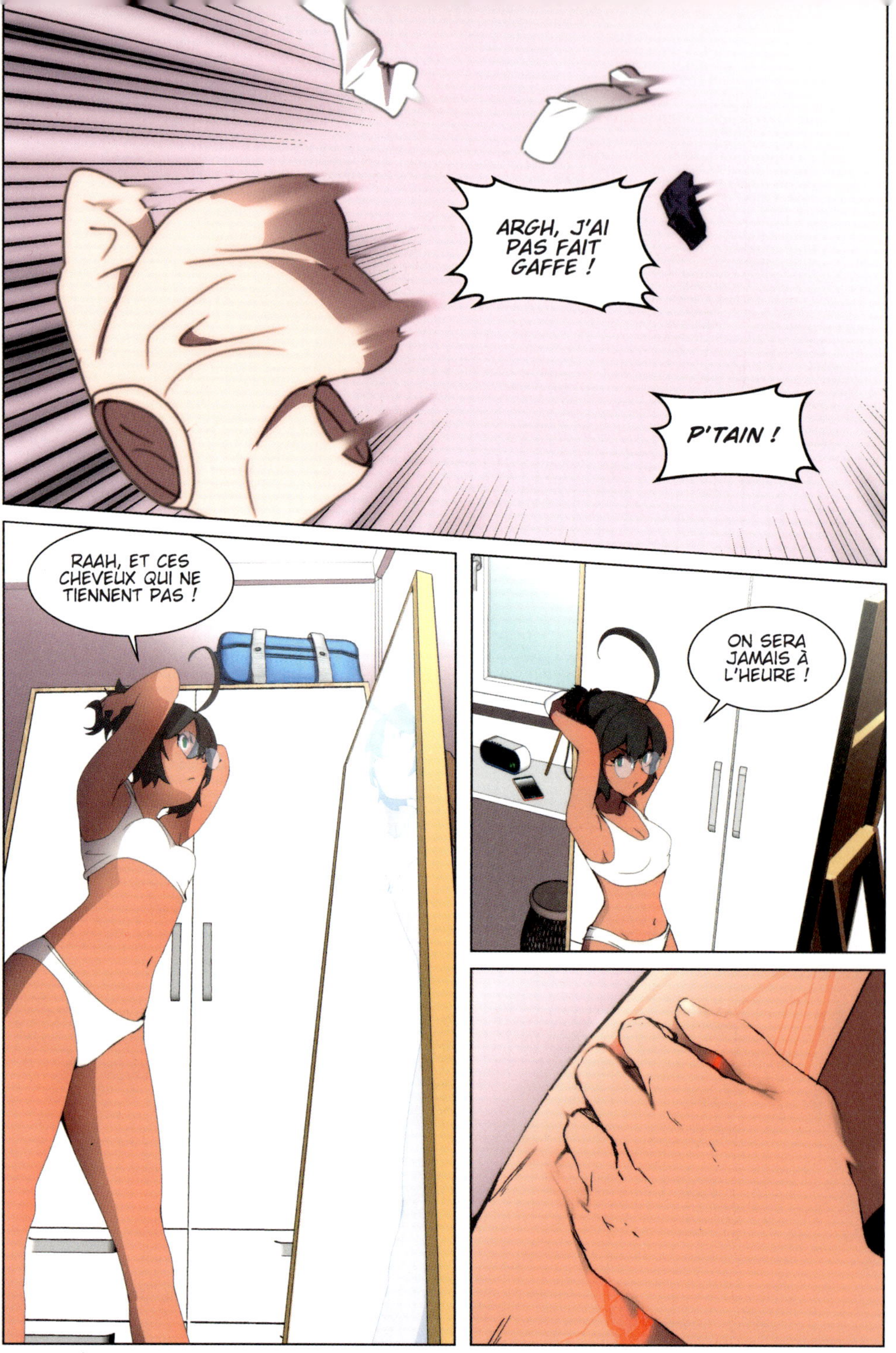
ARGH, J'AI PAS FAIT GAFFE !
P'TAIN !
RAAH, ET CES CHEVEUX QUI NE TIENNENT PAS !
ON SERA JAMAIS À L'HEURE !

BZZZZZ
LA VACHE, C'TE CHÂTAIGNE !
ÇA M'APPRENDRA À DORMIR AVEC LA COUETTE EN LAINE.
PUTAIN D'ÉLECTRICITÉ STATIQUE.
ARGH !
OUI, OUI, J'ARRIVE !!
BRRR...
J'ARRIVE !!

PAPA, J'Y VAIS !
À CE SOIR !
BON ALORS, CARTE DE BUS, TÉLÉPHONE, CHARGEUR DE TÉLÉPHONE...
C'EST SÛR QUE J'AI OUBLIÉ UN TRUC !
AH !
SALUT, LUC...
HEIN ?

LUCAS RIT.
IL REGARDE L'ÉPISODE 26 CAMELOTTE.
IL REMARQUE ERIN. IL DIT : AH, T'ES LÀ. C'EST PAS TROP TÔT !
HA HA HA !
IL REMARQUE ERIN. LUCAS : AH, T'ES LÀ. C'EST PAS TROP TÔT !
LUCAS RIT.
LUCAS SOUPIRE. LUCAS : TOI, TU AS ENCORE PASSÉ LA MATINÉE SUR TON SCÉNAR. ON A ENCORE LE TEMPS MAIS FAUT PAS TRAÎNER.
AH, T'ES LÀ.
C'EST PAS TROP TÔT.
C'EST...
TOI, TU AS ENCORE PASSÉ LA MATINÉE SUR TON SCÉNAR.
ON A ENCORE LE TEMPS MAIS FAUT PAS TRAÎNER.

C'EST… C'EST QUOI ÇA…?
J'AI DÛ MAL ME RÉVEILLER, OU J'AI TROP ÉCRIT, J'HALLUCINE…
TU VAS BIEN ? TU AS L'AIR CREVÉE…
ÇA… ÇA VA. J'AI VEILLÉ UN PEU TROP TARD HIER JE CROIS, C'EST TOUT.
FAUT DORMIR LA NUIT, SINON APRÈS LE CERVEAU FAIT N'IMPORTE QUOI.
AH… TU CROIS…?
IL FAIT EXACTEMENT CE QUI EST ÉCRIT… À CHAQUE FOIS…

ÇA... C'EST PAS JUSTE DE LA FATIGUE...
IL Y A DES LETTRES QUI FLOTTENT...
... AUTOUR DE TOUT LE MONDE. ÇA ME DIT CE QU'ILS FONT, ET CE QU'ILS VONT FAIRE...
CETTE FOIS, VA FALLOIR CONSULTER...

TownMart
HÉ, REGARDE, MAMAN, ELLE A QUATRE YEUX, ELLE AUSSI !
DAMIEN, CHUT, ÇA NE SE FAIT PAS DE FIXER LES GENS !
DÉSOLÉE... IL PARLE BEAUCOUP...
HA HA
OH, PAS DE SOUCIS, PAS DE SOUCIS !
QUATRE YEUX, ÇA FAIT LONGTEMPS QU'ON T'AVAIT PAS APPELÉE COMME ÇA...

DAMIEN : COMMENT TU LES AS EUES ? MOI AUSSI JE VOUDRAIS EN AVOIR !
DAMIEN FIXE ERIN.
DAMIEN LAISSE TOMBER SON BALLON. DAMIEN COURT APRÈS ET SE FAIT PERCUTER PAR UN CAMION. FIN.
DAMIEN LAISSE TOMBER SON BALLON. DAMIEN COURT APRÈS ET SE FAIT PERCUTER PAR UN CAMION. FIN.
COMMENT TU LES AS EUES ? MOI AUSSI JE VOUDRAIS EN AVOIR !
HEIN ! QUOI !?
AH !
ATTENDS, NON !!

DAMIEN !!

STOP !
KRIIII
REVIENS !

CHAPITRE 02

KRIIIII
NON !

BZZZ...
BWWNN
HÉ OH !
ERIN !
TownMa
TAK
VLAM

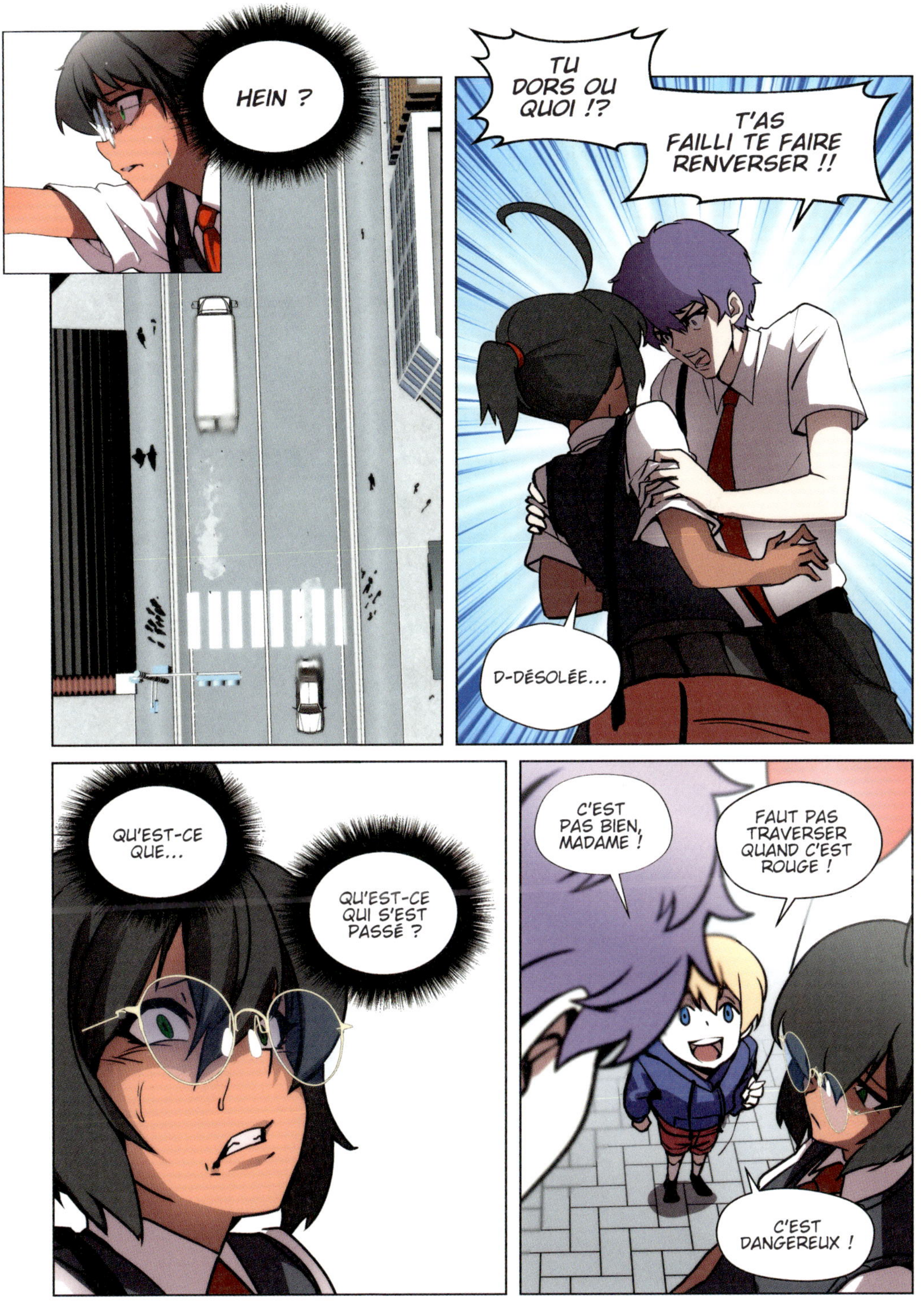
HEIN ?
TU DORS OU QUOI !?
T'AS FAILLI TE FAIRE RENVERSER !!
D-DÉSOLÉE...
QU'EST-CE QUE...
QU'EST-CE QUI S'EST PASSÉ ?
C'EST PAS BIEN, MADAME !
FAUT PAS TRAVERSER QUAND C'EST ROUGE !
C'EST DANGEREUX !

IL... IL VA BIEN...
T'ES SÛRE QUE ÇA VA !?
C'ÉTAIT PAS COMME ÇA AVANT...
HO, TU M'ÉCOUTES !?
DAMIEN SE RETOURNE. DAMIEN : COMMENT TU LES AS EUES ? MOI AUSSI JE VOUDRAIS EN AVOIR !
QU'EST-CE QUE J'AI VU...?
DAMIEN VOIT QUELQUE CHOSE. DAMIEN : C'EST PAS BIEN. MADAME ! FAUT PAS TRAVERSER QUAND C'EST ROUGE ! C'EST DANGEREUX !
ALLÔ !? T'ES LÀ !?
CLAC
AH, DÉSOLÉE... J'ÉTAIS AILLEURS ...
TU M'AS FAIT PEUR, P'TAIN... ME REFAIS JAMAIS ÇA...
SI T'ES FATIGUÉE COMME ÇA, TU VEUX PAS RENTRER CHEZ TOI ?
ÇA VA, ÇA VA, C'ÉTAIT RIEN. T'INQUIÈTE PAS.
C'ÉTAIT RIEN...
OU ALORS...
C'ÉTAIT QUOI...?

C'EST DÉJÀ LA PAUSE DE 10H, ET JE VOIS TOUJOURS CES TRUCS...
JE SUIS PAS EN TRAIN DE RÊVER.
LA DERNIÈRE VIDÉO, ELLE ÉTAIT INCROYABLE !
JULIEN : LA SCÈNE AVEC L'ALIEN ÉTAIT À MOURIR DE RIRE.
JE CROIS QUE JE COMMENCE À COMPRENDRE LA LOGIQUE.
JULIEN : LA DERNIÈRE VIDÉO, ELLE ÉTAIT INCROYABLE !
JULIEN : CE SQUIZI, IL EST TROP FORT, SÉRIEUX !
LA SCÈNE AVEC L'ALIEN ÉTAIT À MOURIR DE RIRE.
À GAUCHE, LE PASSÉ.
JULIEN: CE SQUIZI, IL EST TROP FORT, SÉRIEUX !
AU MILIEU, LE PRÉSENT.
CE SQUIZI, IL EST TROP FORT, SÉRIEUX !

ET À DROITE…
JULIEN ÉTERNUE. JULIEN : PARDON.
ATCHOUM !
PARDON.
… LE FUTUR.
QUAND LE TEMPS AVANCE, LE TEXTE S'EFFACE ET LE SUIVANT LE REMPLACE.
JULIEN ÉTERNUE. JULIEN : PARDON.
JULIEN
SQUIZI, IL
TROP FORT
SÉRIEUX !
COMME UNE LOUPE QU'ON BOUGE SUR UN TEXTE.
JULIEN ÉTERNUE. JULIEN : PARDON.

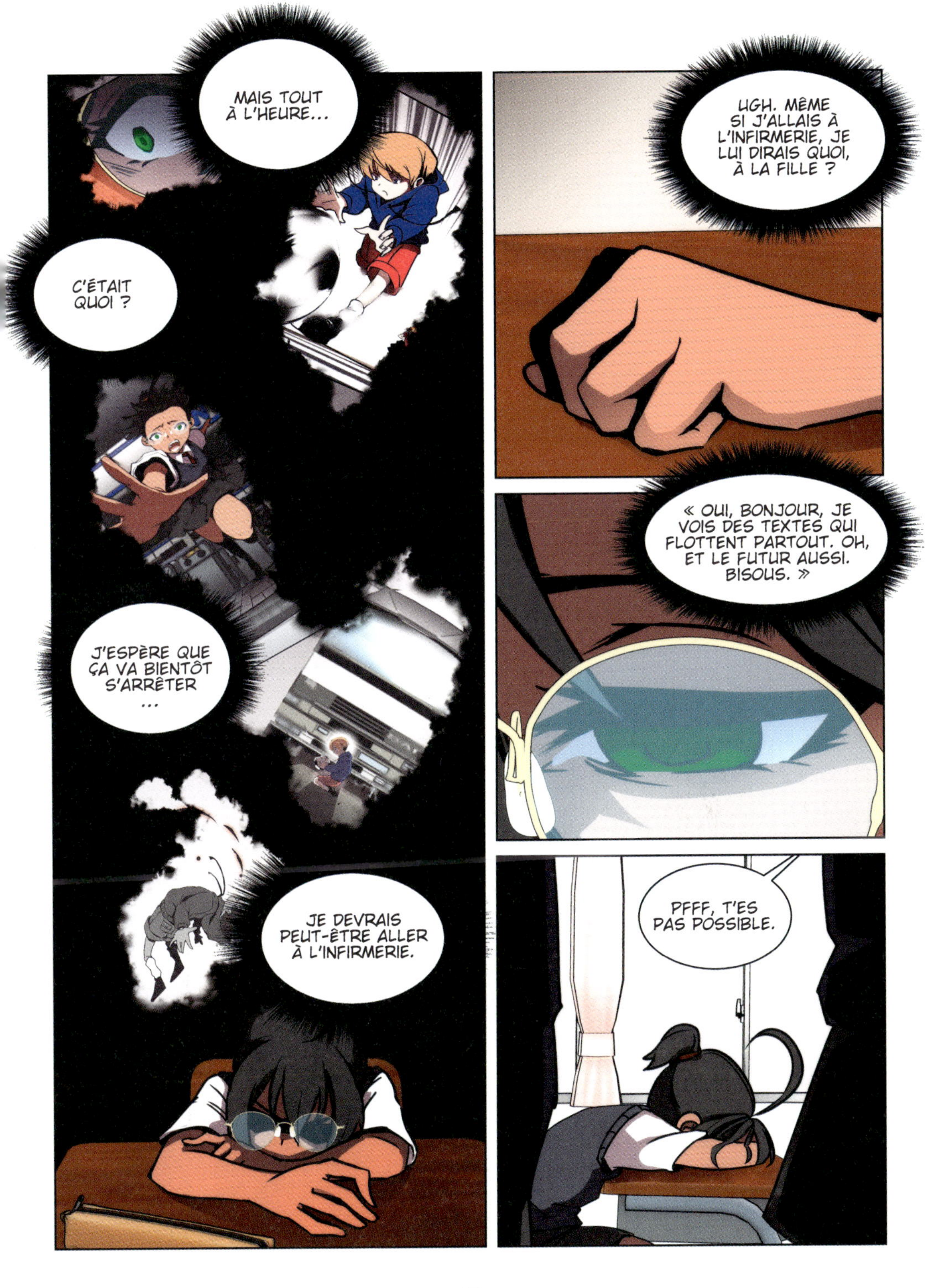
MAIS TOUT À L'HEURE…
C'ÉTAIT QUOI ?
J'ESPÈRE QUE ÇA VA BIENTÔT S'ARRÊTER …
JE DEVRAIS PEUT-ÊTRE ALLER À L'INFIRMERIE.
UGH. MÊME SI J'ALLAIS À L'INFIRMERIE, JE LUI DIRAIS QUOI, À LA FILLE ?
« OUI, BONJOUR, JE VOIS DES TEXTES QUI FLOTTENT PARTOUT. OH, ET LE FUTUR AUSSI. BISOUS. »
PFFF, T'ES PAS POSSIBLE.

TU DORS ENCORE À C'T'HEURE-CI. MAIS T'AS FAIT QUOI CETTE NUIT ?
SALUT, ERIN.
SALUT.
VOUS ÊTES ARRIVÉS À LA BOURRE CE MATIN AVEC LUCAS, ET T'ES FATIGUÉE.
JE ME DEMANDE POURQUOI ? HIN HIN.
GWEN... STEUPLAÎT...
LUCAS DORT PAS CHEZ MOI, TU SAIS...
JE ME SUIS COUCHÉE UN PEU TARD POUR TERMINER D'ÉCRIRE UN CHAPITRE, C'EST TOUT.
AAH, T'ÉTAIS DANS TON MONDE ET T'AS OUBLIÉ DE DORMIR. ERIN CLASSIQUE. FAUT SORTIR UN PEU DE TA COQUILLE !
TU AS PU RATTRAPER DU SOMMEIL EN COURS ?
OUI, J'AVAIS SPÉ LITTÉRATURE... 100% SOMMEIL FRIENDLY.
DONC, TU ÉCRIVAIS CETTE NUIT... TU CONTINUES LE MANGA AVEC LUCAS ?
AH, NON, J'ÉTAIS SUR MON LIVRE, LE THÉÂTRE DES ÂMES. LE MANGA, ÇA VA DEVOIR ATTENDRE...

AH BON, POURQUOI ?
L'ANNÉE DERNIÈRE, VOUS AVEZ GAGNÉ UN CONCOURS, NON ? ÇA PARTAIT PLUTÔT BIEN.
VU LA QUALITÉ DES DESSINS DE LUCAS, C'ÉTAIT SÛR...
MOI, J'AI PAS FAIT GRAND-CHOSE...
IL A MÊME EU UN PRIX EN PLUS, ET PUIS UNE PROPOSITION D'UN ÉDITEUR DERRIÈRE...
QUEWAH !? QUAND ÇA !?
SHHH ! C'EST CENSÉ ÊTRE UN SECRET !
C'EST TROP BIEN, ÇA ! C'EST SON RÊVE QUI SE RÉALISE !
QU'EST-CE QUI EST TROP BIEN ?
MMM'ALORS, ON CACHE DES CHOSES HEIN ? PETIT LUCAS ? HEIN ?
MAIS DEPUIS QUAND, C'EST ÇA LA QUESTION.
ELLE NE TIENDRA PAS JUSQU'À CE SOIR, J'ESPÈRE QUE TU LE SAIS, ÇA.
JE SAIS...
T'ES PAS CROYABLE QUAND MÊME !

JE... JE SUIS OÙ ?
J'ENTENDS...
COMME DE LA PLUIE...
DES FLAQUES.

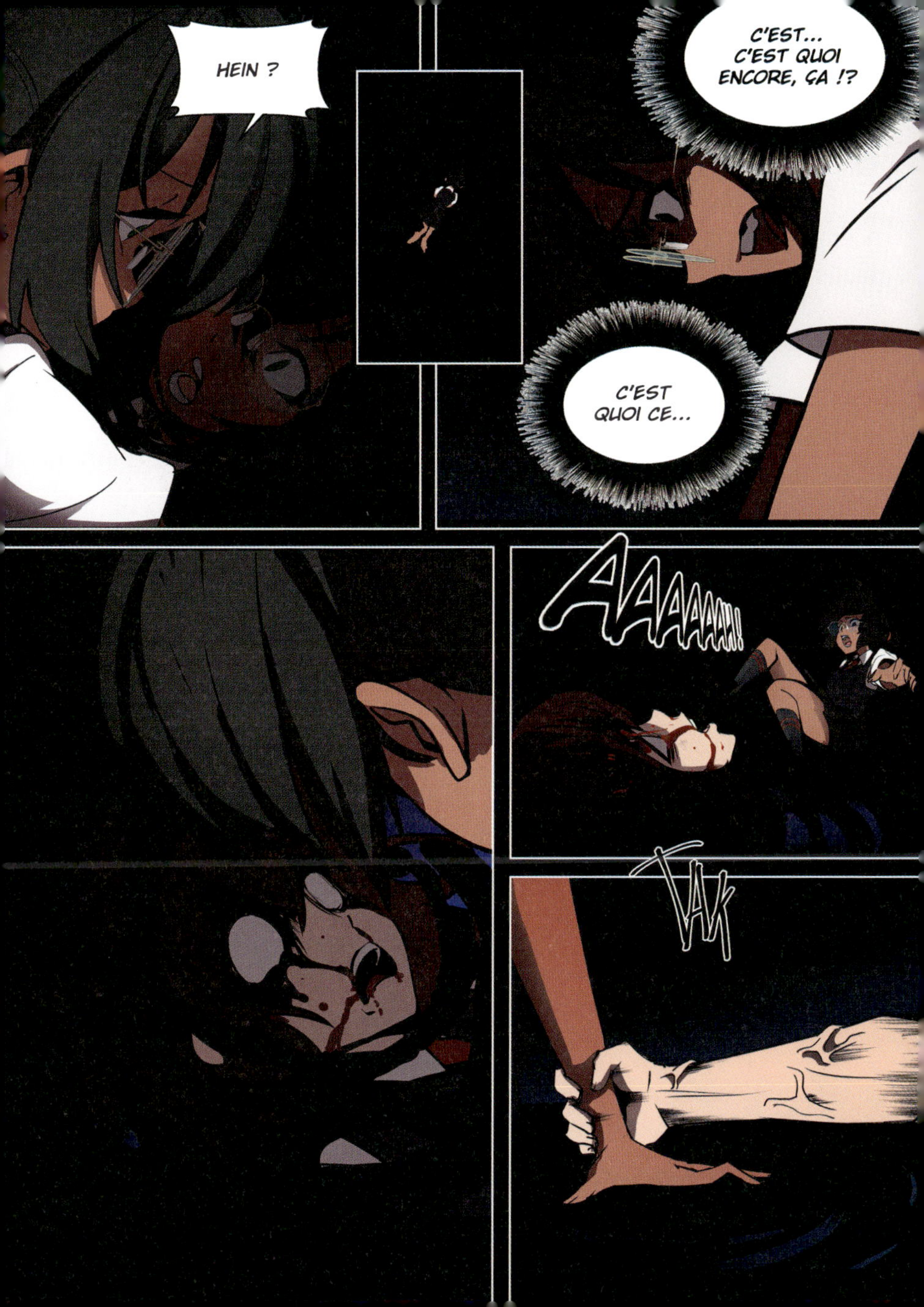
HEIN ?
C'EST... C'EST QUOI ENCORE, ÇA !?
C'EST QUOI CE...
AAAAAAAH !
TAK

NON, NON, NON, CE N'EST PAS...!
TU VAS BIENTÔT LES REJOINDRE.
NE T'INQUIÈTE PAS.

PAW
JE VAIS...
... MOURIR... ?

AH !
ZWAP
C'ÉTAIT... UN RÊVE ?
JUSTE UN RÊVE ?

C'EST...
QUOI ÇA ?

CHAPITRE 03

AAKH !
BZZZ
AOW, MAIS MERDE !
TOUT À L'HEURE, C'ÉTAIT ÇA AUSSI !?

C'EST QUOI ÇA, ENCORE ?
SWAP
C'EST BON, ÇA SUFFIT, ÇA DEVIENT COMIQUE, LÀ.
MAIS QU'EST-CE QUE J'AI, P'TAIN.
Toc
Toc
Toc
ERIN, TU ES RÉVEILLÉE ?
COMMENT VAS-TU ?
AH, BONJOUR MADAME LAMY.

ÇA VA, MAIS REGARDEZ, J'AI CETTE MARQUE SUR LE BRAS.
AH ? FAIS-MOI VOIR ÇA.
HM... JE NE VOIS RIEN DE SPÉCIAL ?
HEIN ?
ATTENDEZ, VOUS VOYEZ PAS ÇA ?
HMMM... VRAIMENT, JE NE VOIS RIEN ? TU...
TU ES SÛREMENT ENCORE UN PEU ANÉMIQUE.
ATTENDS, JE T'AI APPORTÉ DU SUCRE.
ELLE... NE VOIT VRAIMENT RIEN ?

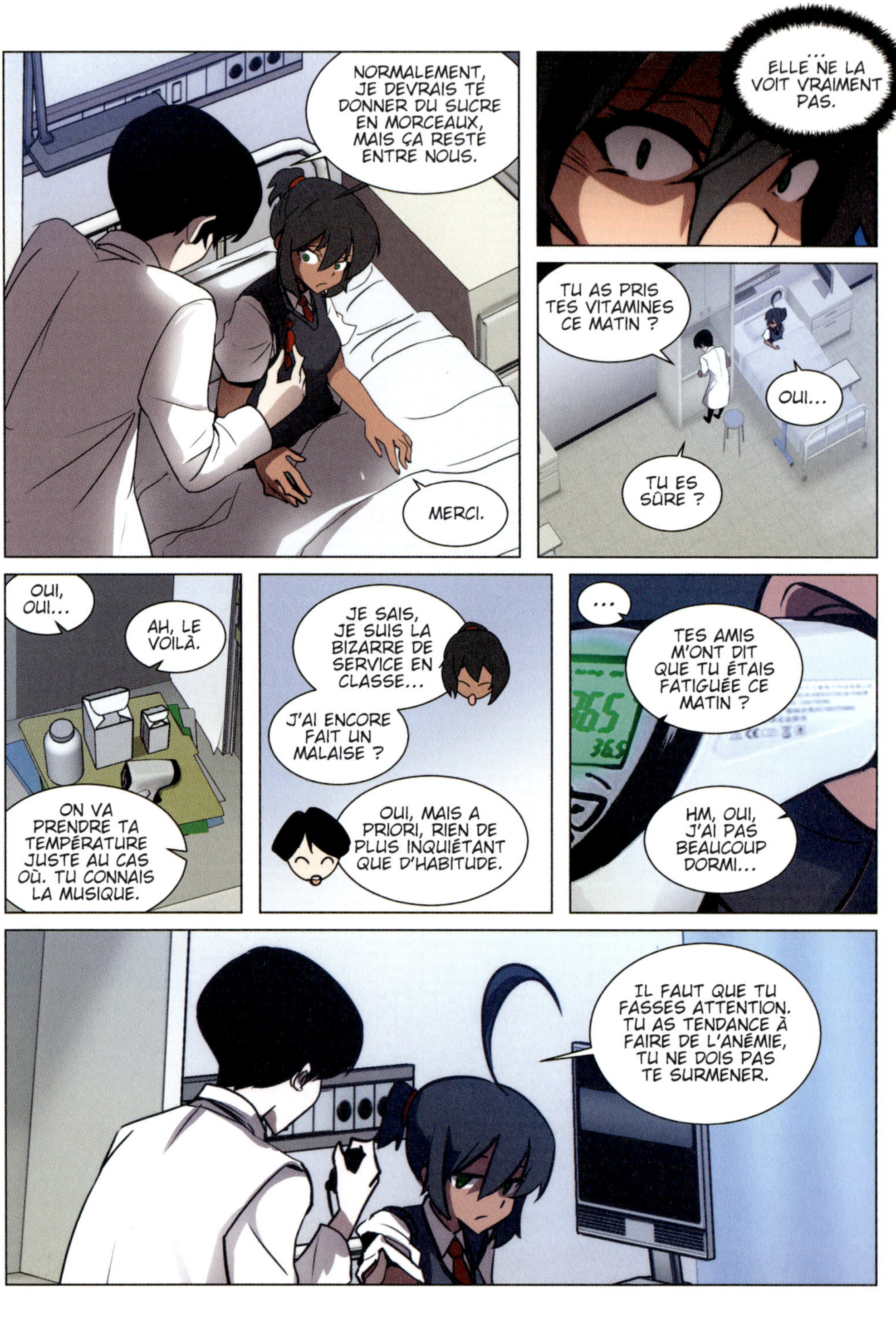
NORMALEMENT, JE DEVRAIS TE DONNER DU SUCRE EN MORCEAUX, MAIS ÇA RESTE ENTRE NOUS.
MERCI.
... ELLE NE LA VOIT VRAIMENT PAS.
TU AS PRIS TES VITAMINES CE MATIN ?
OUI...
TU ES SÛRE ?
OUI, OUI...
AH, LE VOILÀ.
ON VA PRENDRE TA TEMPÉRATURE JUSTE AU CAS OÙ. TU CONNAIS LA MUSIQUE.
JE SAIS, JE SUIS LA BIZARRE DE SERVICE EN CLASSE...
J'AI ENCORE FAIT UN MALAISE ?
OUI, MAIS A PRIORI, RIEN DE PLUS INQUIÉTANT QUE D'HABITUDE.
...
TES AMIS M'ONT DIT QUE TU ÉTAIS FATIGUÉE CE MATIN ?
HM, OUI, J'AI PAS BEAUCOUP DORMI...
IL FAUT QUE TU FASSES ATTENTION. TU AS TENDANCE À FAIRE DE L'ANÉMIE, TU NE DOIS PAS TE SURMENER.

RIEN D'ANORMAL. MAIS TU DEVRAIS QUAND MÊME RENTRER CHEZ TOI POUR AUJOURD'HUI. JE VAIS TE FAIRE UN MOT.
C'EST PAS PAREIL QUE D'HABITUDE, J'EN SUIS SÛRE.
JE VOUS JURE QUE J'AI QUELQUE CHOSE.
JE VOIS DES CHOSES.
...
ERIN, IL FAUT VRAIMENT QUE TU TE REPOSES. LA FATIGUE PEUT EXPLIQUER UN TEL PHÉNOMÈNE.
SI DEMAIN CE N'EST PAS PASSÉ, ON EN REPARLE, D'ACCORD ?
D'ACCORD...
PEUT-ÊTRE...
PEUT-ÊTRE QU'ELLE A RAISON...

QUEL TEMPS DE CHIEN, TU PARLES D'UN ÉTÉ !
C'EST SYMPA DE ME RACCOMPAGNER, MAËLLE. T'ÉTAIS PAS OBLIGÉE.
TU RIGOLES, C'EST NORMAL. J'AI PAS COURS CET APRÈM.
LUCAS VOULAIT VENIR, MAIS COMME J'ÉTAIS DISPO ET QUE LUI, IL ÉTAIT EN RATTRAPAGE ...
EN GROS, TU LUI AS PIQUÉ SA PLACE.
EN GROS, C'EST ÇA.

COMMENT TU TE SENS ? TU ARRIVES À MARCHER ?
ÇA VA, HÉ, JE SUIS PAS SI CREVÉE.
TU AVAIS L'AIR DANS TON MONDE AVANT DE T'ÉVANOUIR. EST-CE QUE CE SERAIT LIÉ À ÇA ?
NON, C'ÉTAIT PAS ÇA. ÇA M'ARRIVE DE M'ENDORMIR QUAND J'ÉCRIS, MAIS LÀ C'EST AUTRE CHOSE.
LA MARQUE EST PARTIE TOUTE SEULE...
C'ÉTAIT JUSTE LÀ.
HÉ.
REGARDE ÇA, ERIN.
EN FACE, LA FILLE.

IL EST INCROYABLE SON COSPLAY.
IL DOIT Y AVOIR UNE CONVENTION QUELQUE PART.

QUAND FAUT Y ALLER...

C'EST JUSTE ICI QUE LE GARÇON ÉTAIT QUAND...
TROP JOLI.
TU IMAGINES COMBIEN DE TEMPS ÇA LUI A PRIS ?
JUSTE ICI.
AÏE, GNH !
QU'EST-CE QU'IL Y A ? TU AS MAL À LA TÊTE ?
OUI... J'AI COMME DES FRISSONS DANS TOUT LE CORPS.
EST-CE QUE CE SERAIT PAS COMME LA FOIS OÙ TU AVAIS MAL PARCE QUE TU AVAIS RÊVÉ QU'ON T'AVAIT COUPÉ LA TÊTE ?
HÉ, J'AVAIS HYPER MAL ! ET LÀ AUSSI !
HA HA, JE TE CROIS. J'ESSAIE JUSTE DE TE REMONTER LE MORAL.
MRRHMGH, JE SUIS PAS VRAIMENT DANS LE MOOD.
DÉSOLÉE...
SI GWEN ÉTAIT LÀ, ELLE TE FERAIT UNE BLAGUE SALACE, MAIS C'EST PAS VRAIMENT MON TRUC ALORS...
MERCI... MAËLLE. T'ES SUPER.

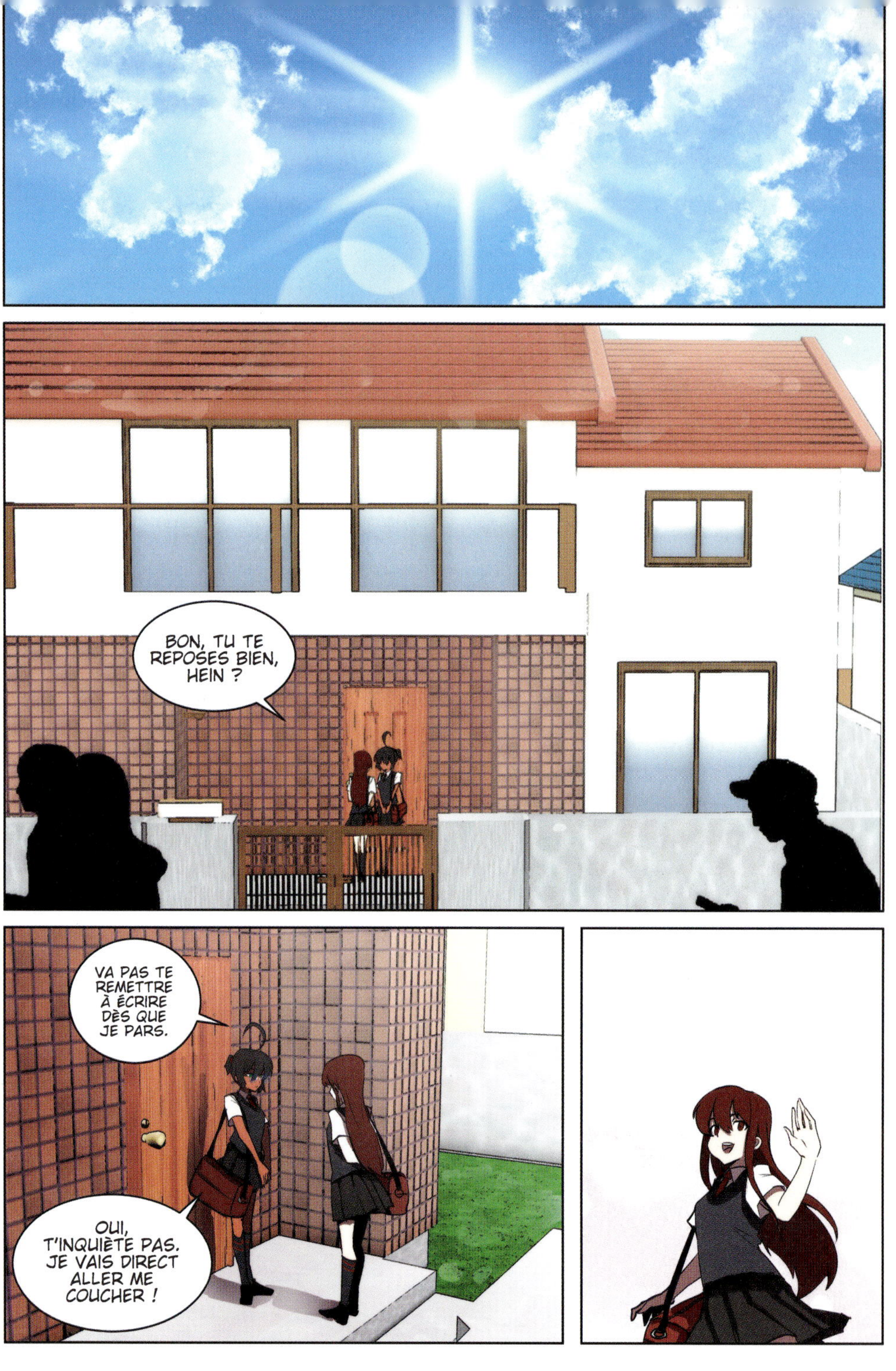
BON, TU TE REPOSES BIEN, HEIN ?
VA PAS TE REMETTRE À ÉCRIRE DÈS QUE JE PARS.
OUI, T'INQUIÈTE PAS. JE VAIS DIRECT ALLER ME COUCHER !

QUELQUE CHOSE NE VA PAS ? TU... PRÉFÈRES QUE JE RESTE ?
NON, NON, C'EST RIEN, JE VAIS JUSTE ALLER DORMIR, MERCI !
JE VOUS WATSUP TOUT À L'HEURE.
ÇA MARCHE, À TOUT À L'HEURE !
SORS DE MA TÊTE !

SORS DE MA TÊTE.
SORS DE MA TÊTE !
13:41 54

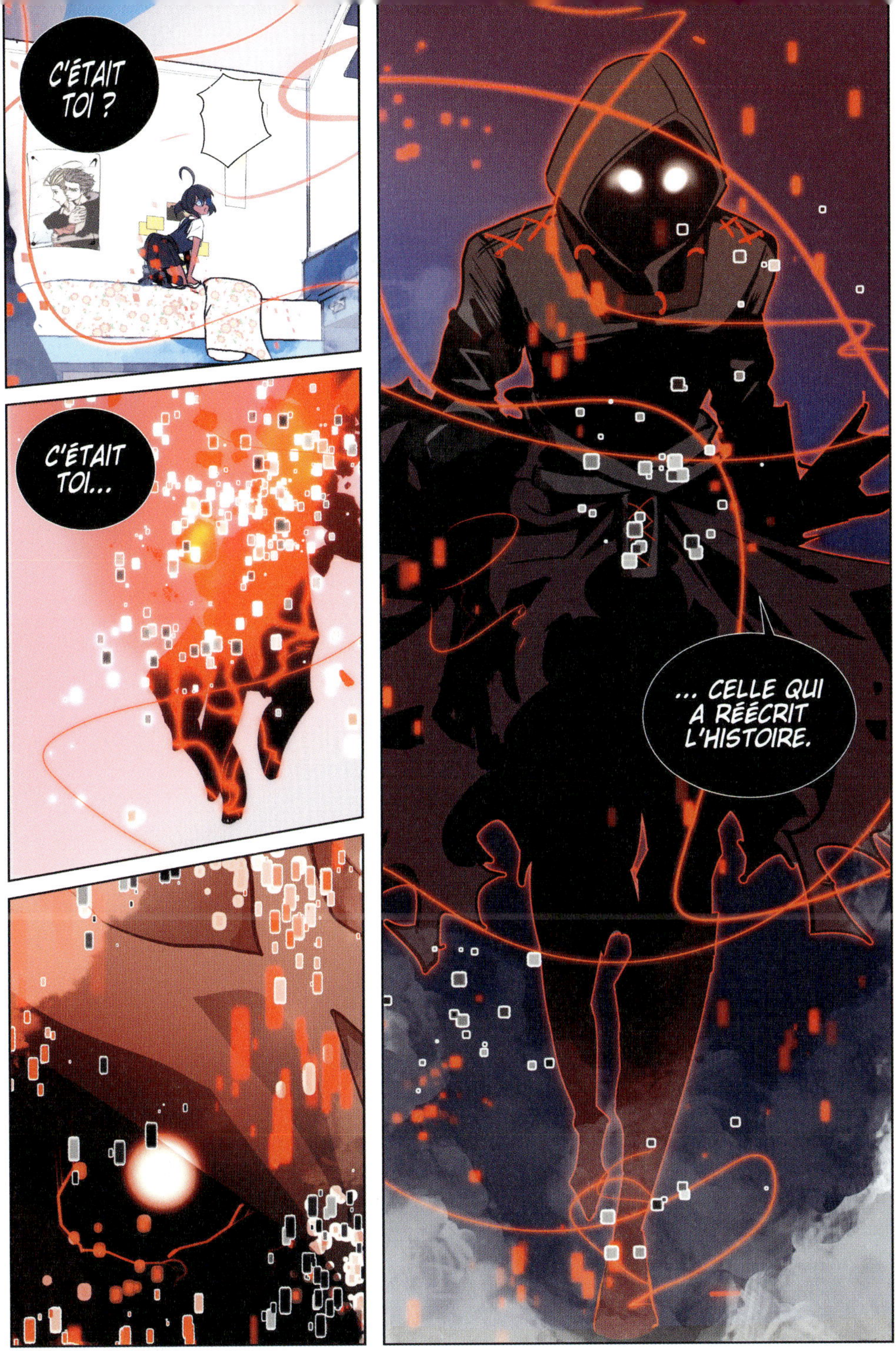
C'ÉTAIT TOI ?
C'ÉTAIT TOI...
... CELLE QUI A RÉÉCRIT L'HISTOIRE.

CHAPITRE 04

QUI...?
IL N'A PAS DE TEXTE AUTOUR DE LUI...!
JE M'EXCUSE POUR CETTE INTRUSION.

QU'EST-CE QUE...
COMMENT... N-NE M'APPROCHEZ PAS !
ZAM

NE CRAINS RIEN.
JE NE PEUX PAS RESTER LONGTEMPS.
C'EST ÉTRANGE, JE ME SENS...
JE ME SENS EN CONFIANCE.

VOUS ÊTES ENCORE QUELQU'UN DANS MA TÊTE ?
VOUS ÊTES SORTI DE NULLE PART...
DANS TA TÊTE ?
AH... JE SUPPOSE QUE C'EST COMME ÇA QUE JE L'AI ÉCRIT, EN EFFET.
COMME ÇA QUE... QUOI ?
COMMENT ÇA ?
JE CROIS QUE TU SAIS TRÈS BIEN DE QUOI JE PARLE...
JE SUIS VENU À TA RENCONTRE POUR VOIR QUI TU ÉTAIS.
ET POUR TE DONNER QUELQUES CONSEILS, MAINTENANT QUE TU T'ES ÉVEILLÉE AUX TEXTES.
VOUS SAVEZ... POUR LES TEXTES ?!
QU'EST-CE QUE C'EST ?!
POURQUOI EST-CE QUE JE VOIS ÇA ?!
CE QUE TU AS, CE N'EST PAS UNE MALADIE.
C'EST UN DON.

C'EST LE DON DE TOUT VOIR. DE LIRE L'HISTOIRE ET DE TOUT ÉCRIRE.
DE LIRE... L'HISTOIRE ?
VOUS VOULEZ DIRE QUE CE QUE J'AI VU, ÇA VA VRAIMENT ARRIVER ?!
QUAND ÇA ?!
COMMENT JE PEUX LE CHANGER ?!

SI TU LE VEUX, UN JOUR, L'HISTOIRE CHANGERA.
CAR UN JOUR, CE SERA TOI, LA CONTEUSE.
ALORS, JE VAIS POUVOIR LES SAUVER ?
OUI, MAIS NE TE PRÉCIPITE PAS.
TOUT VOIR, C'EST AUSSI TOUT SUBIR.

TOUT ÉCRIRE, C'EST AUSSI TOUT GÂCHER.
SI JE PEUX LES SAUVER...
C'EST TOUT CE QUI COMPTE.
PEU IMPORTE CE QUE JE DOIS GÂCHER.

PFF, ÉVIDEMMENT.
Erin was the impostor
VOUS ÊTES TOUS CONTRE MOI CE SOIR.
NON, LÀ, T'ÉTAIS VRAIMENT PAS DISCRÈTE.
AU BOUT DE DEUX MINUTES, T'ÉTAIS DÉJÀ GRILLÉE.
N'IMPORTE QUOI, JE VOIS PAS COMMENT.
C'EST RARE QUE TU TE FASSES AVOIR COMME ÇA, ON VA METTRE ÇA SUR LE COMPTE DE TON MAUVAIS JOUR.
QUOI, MON MAUVAIS JOUR ?

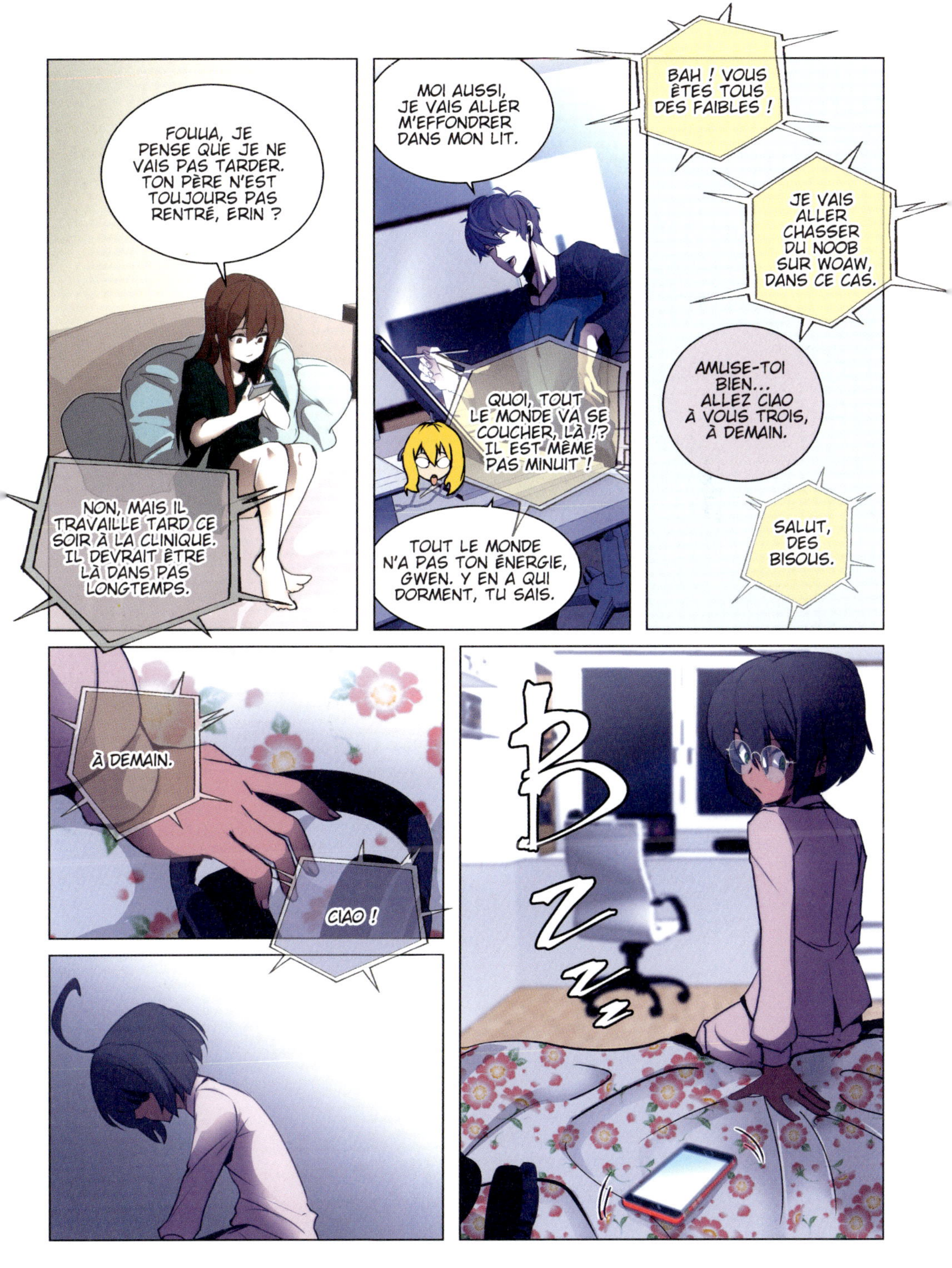
FOULA, JE PENSE QUE JE NE VAIS PAS TARDER. TON PÈRE N'EST TOUJOURS PAS RENTRÉ, ERIN ?
NON, MAIS IL TRAVAILLE TARD CE SOIR À LA CLINIQUE. IL DEVRAIT ÊTRE LÀ DANS PAS LONGTEMPS.
MOI AUSSI, JE VAIS ALLER M'EFFONDRER DANS MON LIT.
QUOI, TOUT LE MONDE VA SE COUCHER, LÀ !? IL EST MÊME PAS MINUIT !
TOUT LE MONDE N'A PAS TON ÉNERGIE, GWEN. Y EN A QUI DORMENT, TU SAIS.
BAH ! VOUS ÊTES TOUS DES FAIBLES !
JE VAIS ALLER CHASSER DU NOOB SUR WOAW, DANS CE CAS.
AMUSE-TOI BIEN... ALLEZ CIAO À VOUS TROIS, À DEMAIN.
SALUT, DES BISOUS.
À DEMAIN.
CIAO !
BZZZ

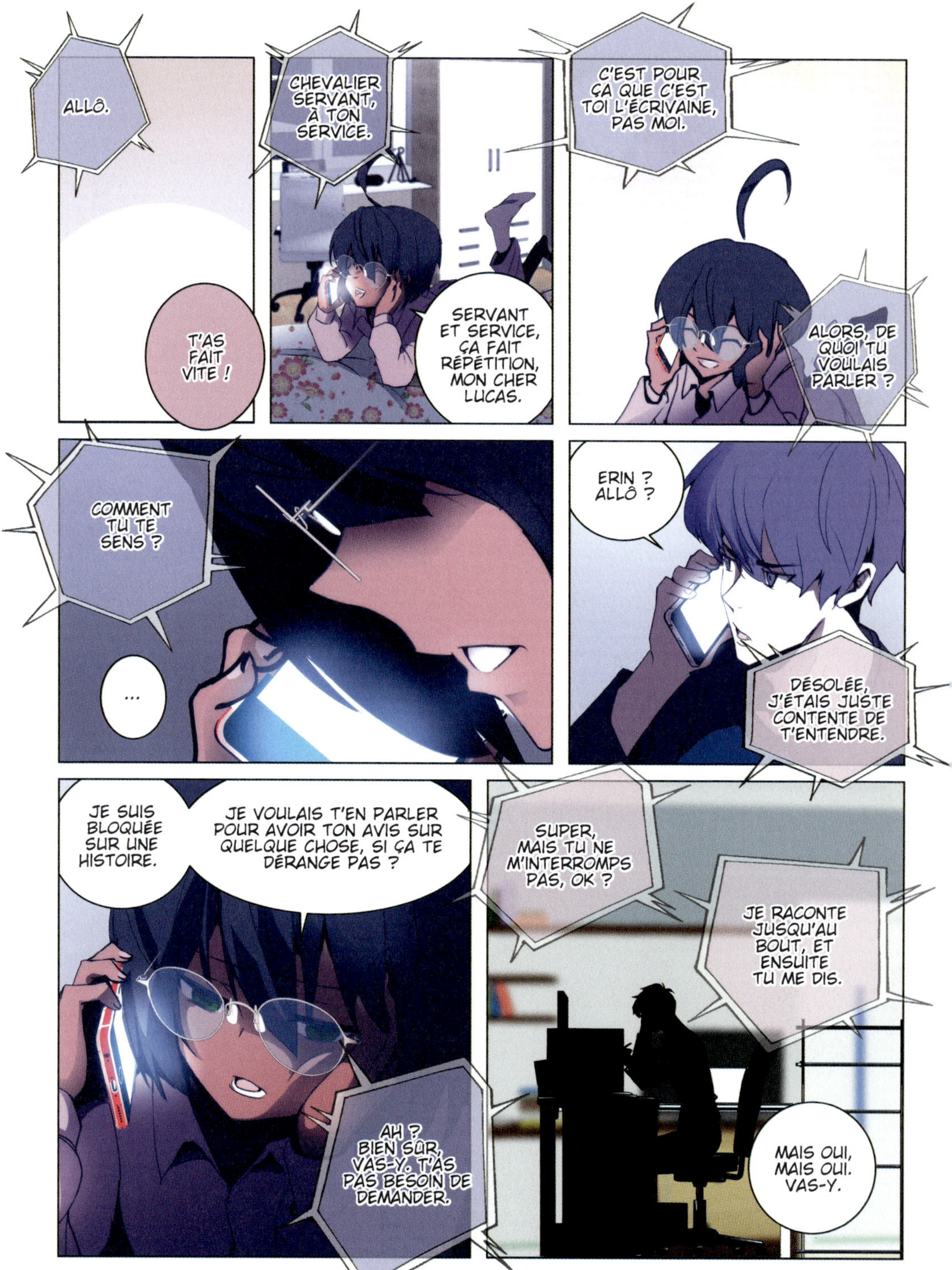
ALLÔ.
T'AS FAIT VITE !
CHEVALIER SERVANT, À TON SERVICE.
SERVANT ET SERVICE, ÇA FAIT RÉPÉTITION, MON CHER LUCAS.
C'EST POUR ÇA QUE C'EST TOI L'ÉCRIVAINE, PAS MOI.
ALORS, DE QUOI TU VOULAIS PARLER ?
COMMENT TU TE SENS ?
...
ERIN ? ALLÔ ?
DÉSOLÉE, J'ÉTAIS JUSTE CONTENTE DE T'ENTENDRE.
JE SUIS BLOQUÉE SUR UNE HISTOIRE.
JE VOULAIS T'EN PARLER POUR AVOIR TON AVIS SUR QUELQUE CHOSE, SI ÇA TE DÉRANGE PAS ?
AH ? BIEN SÛR, VAS-Y. T'AS PAS BESOIN DE DEMANDER.
SUPER, MAIS TU NE M'INTERROMPS PAS, OK ?
JE RACONTE JUSQU'AU BOUT, ET ENSUITE TU ME DIS.
MAIS OUI, MAIS OUI. VAS-Y.

C'EST DANS UN MONDE COMME LE NÔTRE.
LE PERSONNAGE PRINCIPAL EST UNE FILLE QUI S'APPELLE NIRE.
NIRE... TIENS DONC...
HÉ OH, ON AVAIT DIT PAS D'INTERRUPTION.
NIRE EST UN PEU BIZARRE. DEPUIS QU'ELLE EST PETITE, C'EST UNE RÊVEUSE, ET PARFOIS MÊME ELLE S'ENDORT, TROP PLONGÉE DANS SON IMAGINATION.
DU COUP, ELLE A TOUJOURS EU DU MAL À SE FAIRE DES AMIS.
AU LYCÉE, LES GENS LA TROUVENT UN PEU FOLLE, DANS SON MONDE.
COMME UN LIVRE, TU VOIS ?
ET ELLE SE REND COMPTE QU'ELLE PEUT AUSSI LA RÉÉCRIRE, MAIS ELLE NE SAIT PAS COMMENT.
MAIS UN JOUR, ELLE SE RÉVEILLE AVEC LE POUVOIR DE LIRE L'HISTOIRE DES GENS.
...
AVEC SON POUVOIR, ELLE FINIT PAR VOIR QUE LES SEULS AMIS QU'ELLE A VONT MOURIR.
SAUF QUE NIRE, BAH, C'EST PAS UNE HÉROÏNE. ELLE N'EST PAS COURAGEUSE.
ET ELLE NE SAIT TOUJOURS PAS COMMENT ELLE PEUT RÉÉCRIRE L'HISTOIRE.
QU'EST-CE QUE TU FERAIS TOI, SI TU ÉTAIS NIRE ?
HM... JE SUPPOSE QUE PERSONNE NE VA LA CROIRE SI ELLE EN PARLE À SES AMIS ?
HUH-UH.

DU COUP, SI J'AVAIS UN GENRE DE POUVOIR COMME ÇA, JE PENSE QUE JE N'IRAIS PLUS EN COURS, ET QUE JE FERAIS PLEIN DE TESTS AVEC MON POUVOIR ?
GENRE, COMMENT ?
JE SAIS PAS, HM... ÇA MARCHE SUR ELLE SON POUVOIR ?
SUR NIRE ?
OUAIS, ELLE PEUT RÉÉCRIRE SA PROPRE HISTOIRE ?
EUH, JE SAIS PAS... PEUT-ÊTRE ?
COMMENT ÇA « TU SAIS PAS » ? C'EST TOI QUI ÉCRIS !
J'Y AI JUSTE JAMAIS PENSÉ... T'AS RAISON...
ÇA PARAÎT LOGIQUE, NON ?
PEUT-ÊTRE...
MERCI LUCAS, JE VAIS VOIR CE QUE JE PEUX FAIRE AVEC ÇA.
FOUAA, QUAND TU VEUX. BON, JE SUIS EN TRAIN DE PIQUER DU NEZ...
HA HA, DÉSOLÉE DE T'EMBÊTER AVEC MES HISTOIRES.

PFF, TU M'EMBÊTES PAS... ALLEZ, BONNE NUIT.
JE T'AIME.
MOI AUSSI. BYE.
J'Y AVAIS ENCORE JAMAIS PENSÉ, MAIS...

C'EST VRAI QUE JE NE VOIS PAS DE TEXTE AUTOUR DE MOI.

MAIS QU'EST-CE QUE TU FAIS ?
AAH, PAPA ! MAIS FRAPPE AVANT D'ENTRER !
J'AI FRAPPÉ. PUIS JE T'AI APPELÉE EN RENTRANT.
JE T'AI APPELÉE DANS LES ESCALIERS. DEVANT TA PORTE...
OK, OK !

J'AI APPRIS QUE TU T'ÉTAIS ÉVANOUIE AUJOURD'HUI. JE N'AI PAS PU ME LIBÉRER, DÉSOLÉ.
C'EST BON, JE VAIS MIEUX, T'INQUIÈTE PAS.
QUOI ?
ERIN... ÇA VA PEUT-ÊTRE TE PARAÎTRE BIZARRE COMME QUESTION, MAIS...

... EST-CE QUE... TU VOIS DES CHOSES AUTOUR DES GENS ?
HEIN ?

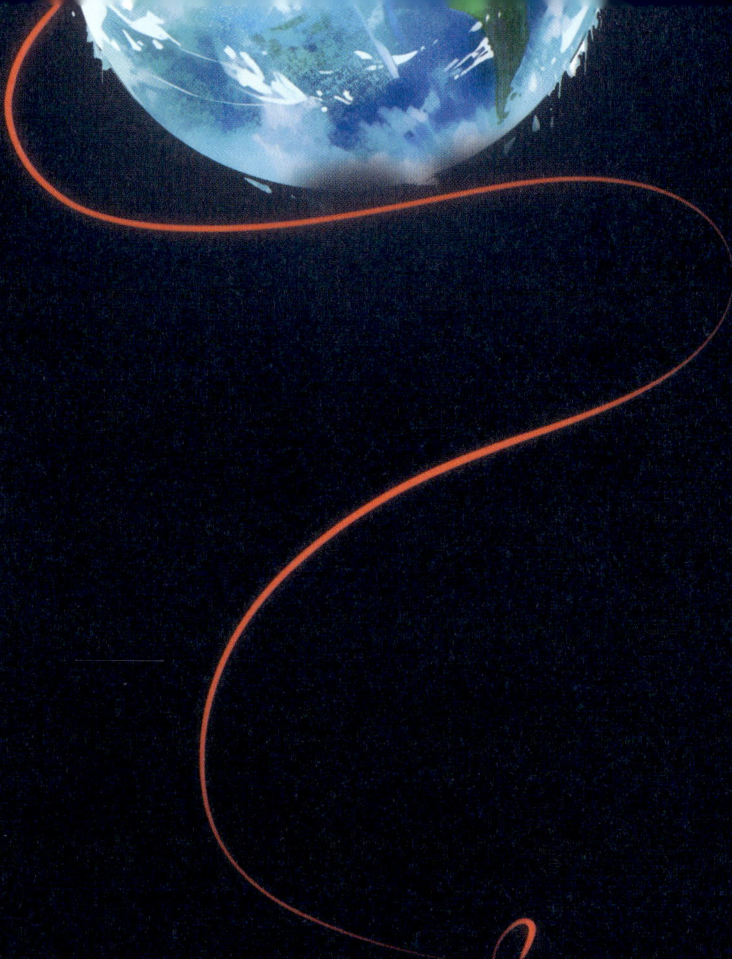

CHAPITRE 05

EST-CE QUE... TU VOIS DES CHOSES AUTOUR DES GENS ?
HEIN ? COMMENT TU SAIS ?
TU VEUX BIEN M'EN PARLER ?
QUOI ? D'OÙ EST-CE QU'IL...
ROWEN : L'INFIRMIÈRE M'A APPELÉ, ELLE M'A DIT QUE TU VOYAIS DES CHOSES. QUE TU AVAIS PEUT-ÊTRE DES HALLUCINATIONS.
ÇA M'INQUIÈTE.
AH... C'EST QUE ÇA...
À QUOI JE PENSAIS...?

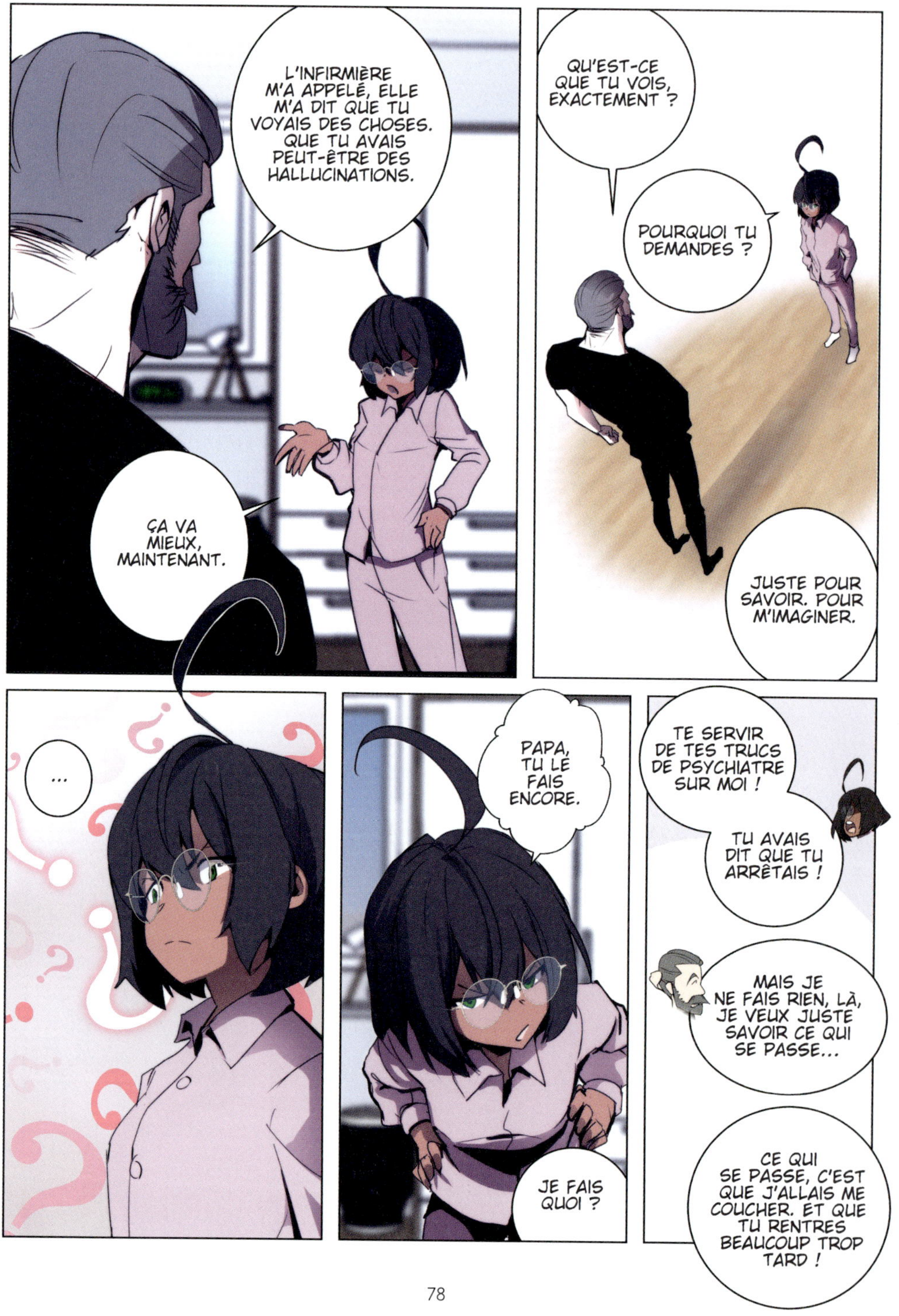
L'INFIRMIÈRE M'A APPELÉ, ELLE M'A DIT QUE TU VOYAIS DES CHOSES. QUE TU AVAIS PEUT-ÊTRE DES HALLUCINATIONS.
ÇA VA MIEUX, MAINTENANT.
QU'EST-CE QUE TU VOIS, EXACTEMENT ?
POURQUOI TU DEMANDES ?
JUSTE POUR SAVOIR. POUR M'IMAGINER.
...
PAPA, TU LE FAIS ENCORE.
JE FAIS QUOI ?
TE SERVIR DE TES TRUCS DE PSYCHIATRE SUR MOI !
TU AVAIS DIT QUE TU ARRÊTAIS !
MAIS JE NE FAIS RIEN, LÀ, JE VEUX JUSTE SAVOIR CE QUI SE PASSE...
CE QUI SE PASSE, C'EST QUE J'ALLAIS ME COUCHER. ET QUE TU RENTRES BEAUCOUP TROP TARD !

DÉSOLÉ, J'AVAIS DE LA PAPERASSE EN RETARD À LA CLINIQUE...
SI TU AS FAIM, T'AS DES TRUCS DANS LE CONGÈL'.
MOI, JE DOIS DORMIR. L'INFIRMIÈRE DE L'ÉCOLE T'A DIT : J'AI DU SOMMEIL À RATTRAPER.
ROWEN SE TOURNE ET FAIT TOMBER LA LAMPE À CÔTÉ DE LA PORTE.
OK, OK, ON PARLERA DEMAIN ALORS...
TAP

ZAAM
SACRÉS RÉFLEXES... HEUREUSEMENT QUE TU ES FATIGUÉE.
AH HA HA...
DONC, TU DISAIS QUE TU VOYAIS DES CHOSES ...
ACK ! TU VAS PAS RECOMMENCER ? ALLEZ, HOP HOP, DEHORS !

PAF
PFFF...
D'UNE CERTAINE FAÇON, JE PEUX DÉJÀ CHANGER LE FUTUR.
MAIS TOUT À L'HEURE, C'ÉTAIT DIFFÉRENT.
IL S'ÉTAIT DÉJÀ FAIT PERCUTER ET J'AI PU LE CHANGER. J'EN SUIS SÛRE.
CAR UN JOUR, CE SERA TOI, LA CONTEUSE.
...

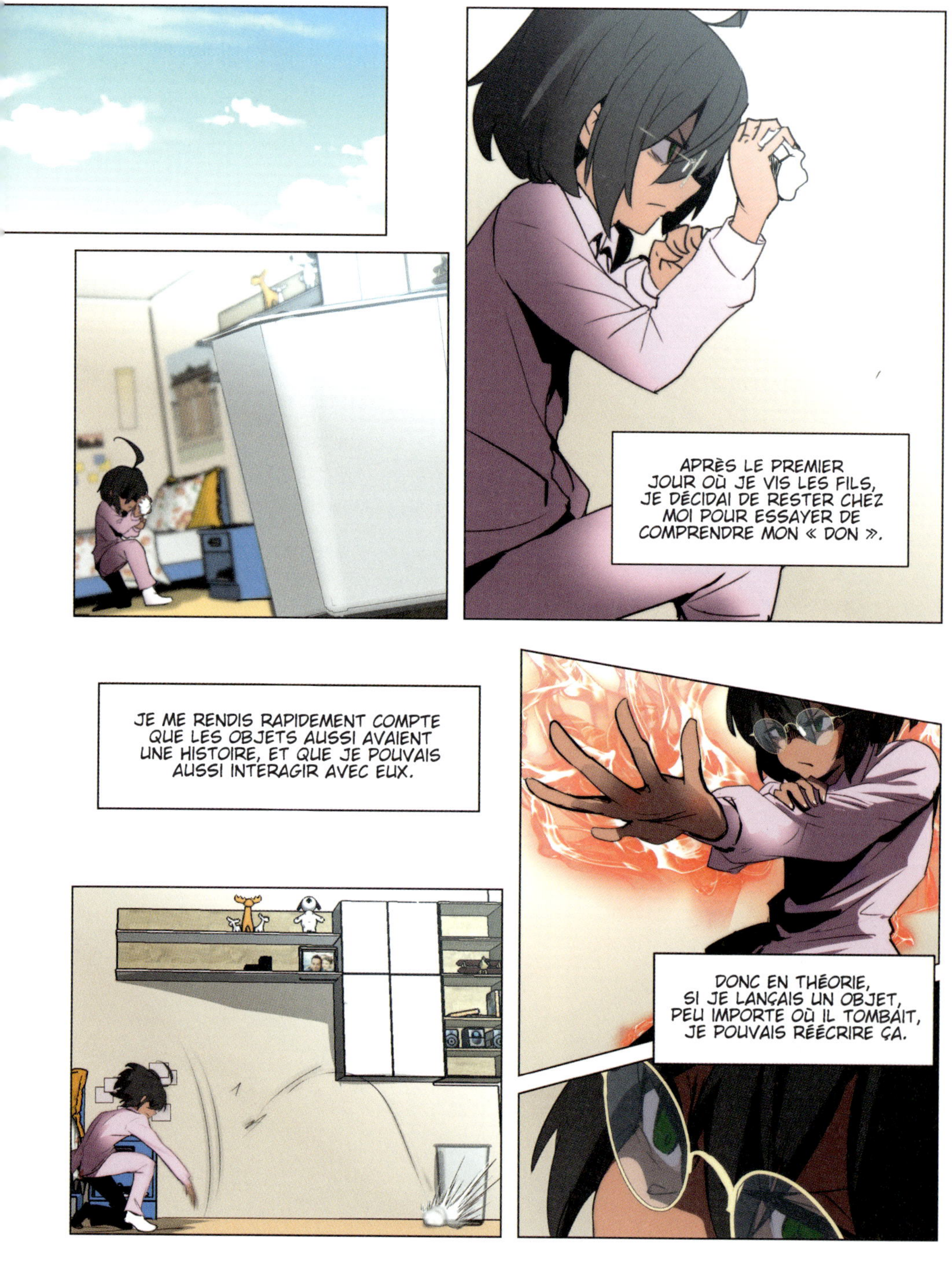
APRÈS LE PREMIER JOUR OÙ JE VIS LES FILS, JE DÉCIDAI DE RESTER CHEZ MOI POUR ESSAYER DE COMPRENDRE MON « DON ».
JE ME RENDIS RAPIDEMENT COMPTE QUE LES OBJETS AUSSI AVAIENT UNE HISTOIRE, ET QUE JE POUVAIS AUSSI INTERAGIR AVEC EUX.
DONC EN THÉORIE, SI JE LANÇAIS UN OBJET, PEU IMPORTE OÙ IL TOMBAIT, JE POUVAIS RÉÉCRIRE ÇA.

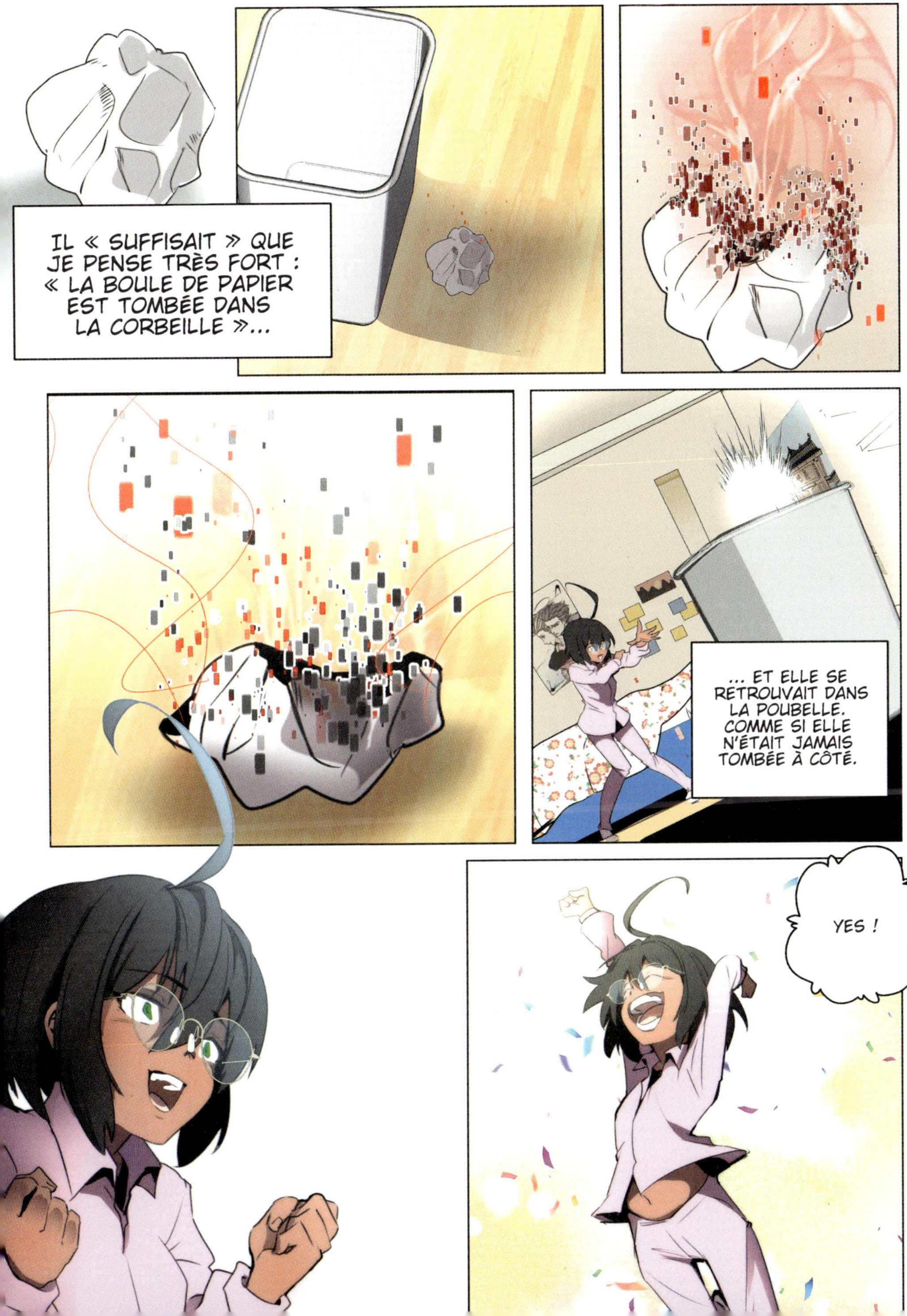
IL « SUFFISAIT » QUE JE PENSE TRÈS FORT : « LA BOULE DE PAPIER EST TOMBÉE DANS LA CORBEILLE »...
... ET ELLE SE RETROUVAIT DANS LA POUBELLE. COMME SI ELLE N'ÉTAIT JAMAIS TOMBÉE À CÔTÉ.
YES !

CE N'ÉTAIT PAS VRAIMENT COMME REMONTER LE TEMPS. C'ÉTAIT PLUTÔT... LE MOMENT PRÉSENT QUI CHANGEAIT.
L'HISTOIRE ÉTAIT RÉÉCRITE.
JE M'ABSENTAI QUELQUES JOURS DE L'ÉCOLE, AVEC LA FATIGUE COMME PRÉTEXTE. COMME LUCAS L'AVAIT SUGGÉRÉ, APRÈS TOUT.
JE NE COMPRENAIS PAS D'OÙ VENAIT CE POUVOIR. NI MÊME RÉELLEMENT COMMENT L'UTILISER. ÇA SE PRODUISAIT PARFOIS.
VLAM
TAP

LE PROBLÈME ...
... C'EST QUE C'ÉTAIT COMPLÈTEMENT ALÉATOIRE.

BRRRR
BRRR
Lucas
ALLÔ, LUCAS.
SALUT, ERIN, COMMENT TU VAS AUJOURD'HUI ?
MMH, JE ME SENS ENCORE UN PEU FATIGUÉE.
ALORS, TU VIENS CE SOIR DU COUP OU PAS ?
CE SOIR ? Y A QUOI CE SOIR ?
Y A LA SORTIE DE CLASSE... ON PART À LA MONTAGNE, TU TE RAPPELLES ?
AH, DÉJÀ ? J'AVAIS COMPLÈTEMENT OUBLIÉ.
T'ES ASSEZ EN FORME POUR VENIR ? C'EST COMME TU LE SENS.

FRANCHEMENT, ÇA VA BEAUCOUP MIEUX, MAIS JE NE SAIS PAS VRAIMENT...
OK, Y A PAS DE PROBLÈME ...
JE SAIS QU'ON VOULAIT...
DÉSOLÉE...
JE SUIS DÉSOLÉE, LUCAS, J'AI ENCORE BESOIN DE TEMPS...
!!
JE COMPRENDS, C'EST PAS GRAVE... BON, JE T'APPELLERAI-
JE VAIS VENIR !

TU AS RAISON, ÇA ME FERA DU BIEN.
AH SUPER, JE PASSE TE CHERCHER CE SOIR ALORS, À TOUT' !
QUELQUE CHOSE... VA ARRIVER PENDANT LE VOYAGE. JE... LE SENS.

JE SENTAIS QUE QUELQUE CHOSE APPROCHAIT.
MINCE, T'ES DÉJÀ DEHORS, C'EST TELLEMENT RARE.
TU DOIS VRAIMENT ÊTRE MALADE...
EH, JE ME SUIS PRÉPARÉE PLUS TÔT POUR QU'ON SOIT À L'HEURE.
ME FAIS PAS CHANGER D'AVIS !
LOIN DE MOI L'IDÉE...
LES VOYAGES, C'EST QUAND MÊME EXCITANT.

JE SENTAIS QUELQUE CHOSE, MAIS JE NE SAVAIS PAS DE QUOI IL S'AGISSAIT. NI QUAND CELA SE PRODUIRAIT.
NE LAISSONS PAS TA MOTIVATION S'AFFAIBLIR ! EN AVANT !
LUCAS... T'ES RIDICULE.
CE QUE JE NE SAVAIS PAS...

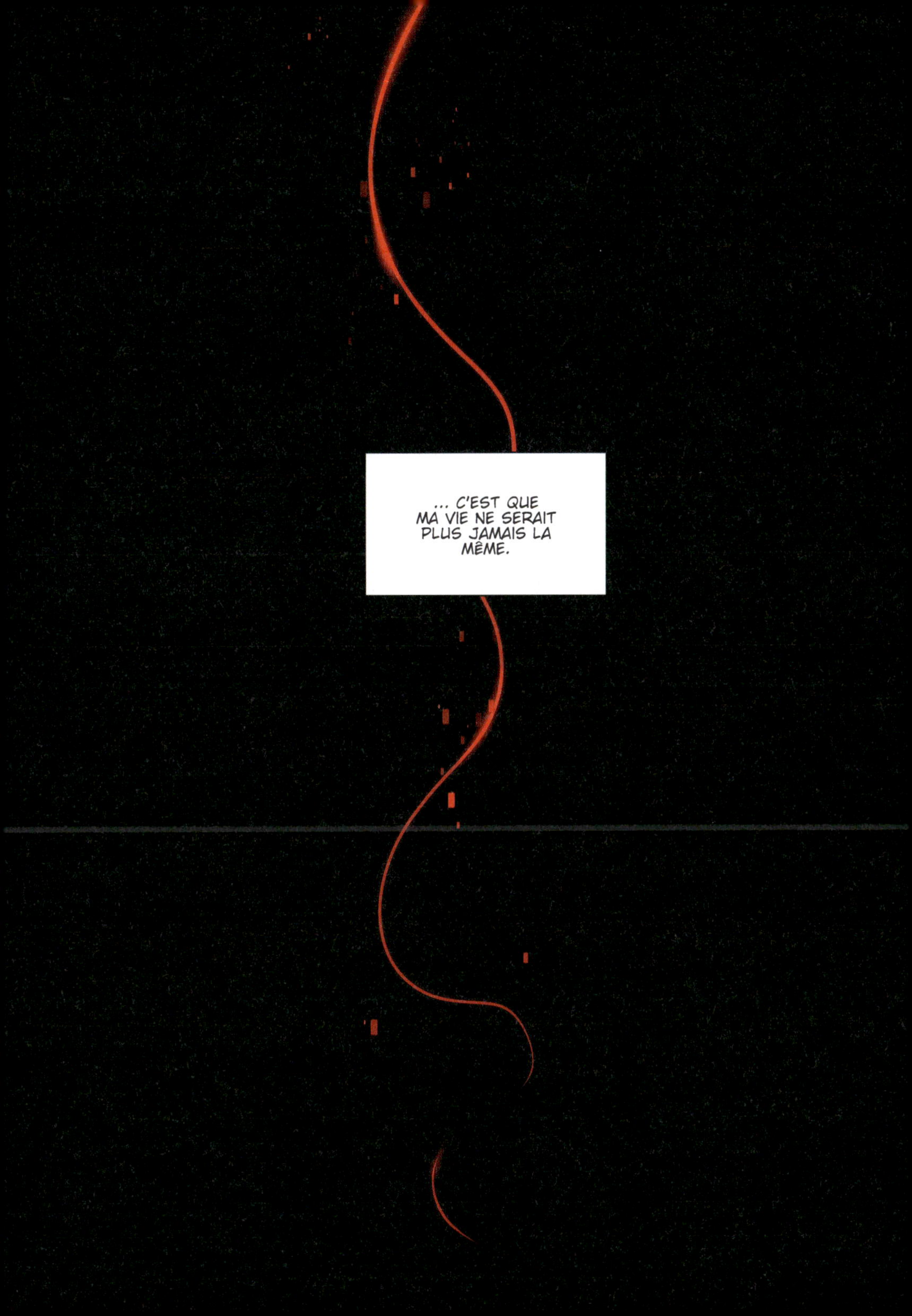
... C'EST QUE MA VIE NE SERAIT PLUS JAMAIS LA MÊME.

CHAPITRE 06

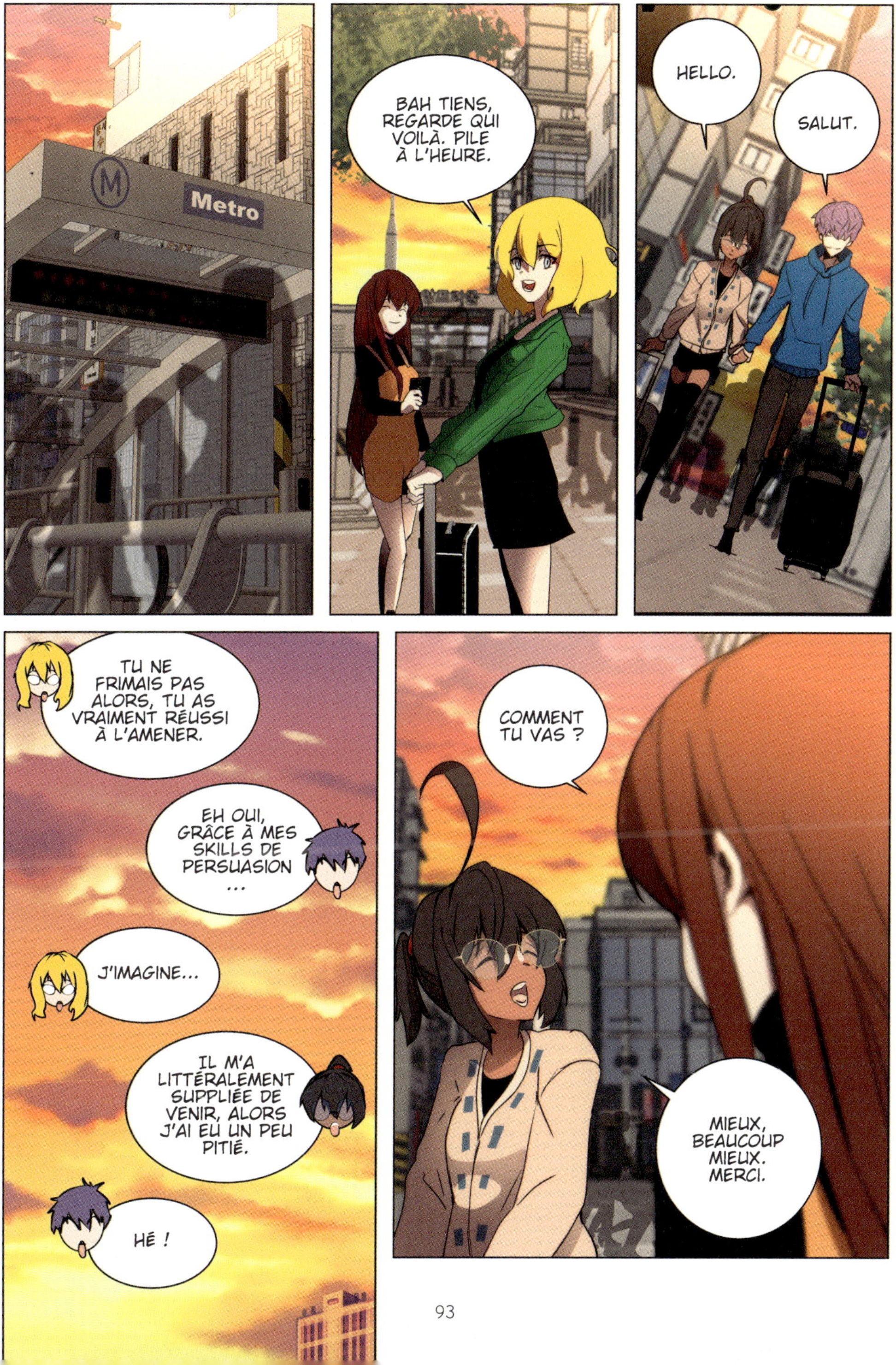

Metro
BAH TIENS, REGARDE QUI VOILÀ. PILE À L'HEURE.
HELLO.
SALUT.
TU NE FRIMAIS PAS ALORS, TU AS VRAIMENT RÉUSSI À L'AMENER.
EH OUI, GRÂCE À MES SKILLS DE PERSUASION ...
J'IMAGINE...
IL M'A LITTÉRALEMENT SUPPLIÉE DE VENIR, ALORS J'AI EU UN PEU PITIÉ.
HÉ !
COMMENT TU VAS ?
MIEUX, BEAUCOUP MIEUX. MERCI.

LE GROUPE B, ON SE RASSEMBLE, S'IL VOUS PLAÎT !
AH, C'EST NOUS, ÇA.
OK, JE VAIS REJOINDRE MON GROUPE. ON SE VOIT TOUT À L'HEURE.
À TOUT'.
KRI-I-I-I...
Ar 0 min
Ar 21 min

UGH...
DÉJÀ QU'AVEC LE BRUIT, C'EST QUELQUE CHOSE, MAIS LÀ...
ZAM
J'Y VOIS PLUS RIEN !!!
Y EN A PARTOUT !
J'ARRIVE MÊME PAS À LIRE !
IL FAUT QUE J'ARRÊTE D'Y FAIRE ATTENTION...

TU AS L'AIR PENSIVE.
AH ! EUH, DÉSOLÉE...
LUCAS A RÉUSSI À TE CONVAINCRE DE VENIR, FINALEMENT ?
C'ÉTAIT PAS GAGNÉ, MAIS... DISONS QUE JE NE VOULAIS PAS NE PAS ÊTRE LÀ.
HM...
DU COUP, T'ES DÉCIDÉE, VOUS ALLEZ LE FAIRE ?
?
FAIRE QUOI ?
MAËLLE, T'AS RIEN SUIVI... ERIN A PROMIS À LUCAS QU'ILS PROFITERAIENT DU VOYAGE ET DE LA CHAMBRE D'HÔTEL POUR LEUR... TU SAIS.
AAH... OH !
...

LUCAS ET TOI, VOUS DEVEZ BOUILLIR…
HÉ ! C'EST BON, C'EST PAS LA PEINE D'EN RAJOUTER ! ON EST DANS LE MÉTRO !
AAAH, L'AMOUR, EL AMOR, THE LOVE…
J'AI PAS LA TÊTE À ÇA EN CE MOMENT…
HU HU, MAIS LUCAS, SÛREMENT…
JE SAIS, MAIS…
C'EST LA TROISIÈME FOIS QUE TU DEMANDES…
LUCAS: C'EST LA TROISIÈME FOIS QUE TU DEMANDES…
IL ENTEND UN CRI. UNE BALLE TRAVERSE SA TÊTE. IL MEURT. FIN.
HEIN ?!
IL ENTEND UN CRI. UNE BALLE TRAVERSE SA TÊTE. IL MEURT. FIN.

ELLE MEURT. FIN.
NON !
ELLE MEURT. FIN.
NON !
IL MEURT. FIN.
ELLE MEURT. FIN.
ELLE MEURT. FIN.
ELLE MEURT. FIN.
ELLE MEURT. FIN.
NON !! QU'EST-CE QU'IL SE PASSE ?!
IL MEURT. FIN.
ELLE MEURT. FIN.
!!

IL SORT SON ARME ET TIRE À VUE.
C'EST LUI !
ATTENTION !!!
IL A UNE ARME !!!

VLAM
JE VOUS LIBÈRE!

CONNARD !!
RAAAAHH !!
ÇA A MARCHÉ !! J'Y CROIS PAS !
COMME ÇA, LE FUTUR VA CHANGER !

ELLE MEURT. FIN.
HEIN !?
LE FUTUR, IL NE CHANGE PAS !
POURQUOI IL NE CHANGE PAS !?

T'AS QU'À CREVER LE PREMIER SI TU VEUX !
PAN
VOUS FAITES PAS D'IDÉES !!
PAN
VOUS ALLEZ TOUS CREVER !!
PAN

POURQUOI ?
AH !
KRIK
KRIK
ERIN, BAISSE-TOI !
LUCAS ?

JE VOUS LIBÈRE!
PAN
PAN
PAN
PAN

CHAPITRE 07

FIN.
FIN.
FIN.
FIN.
FIN.
FIN.

NON...
CE N'EST PAS RÉEL !

FUU
CE N'EST PAS... RÉEL...
UGH...
LUCAS !

LUCAS SE FAIT VOIR PAR LE TERRORISTE. IL EST FIGÉ PAR LA PEUR.
IL M'A PROTÉGÉE ...
NON... PAS ÇA...
S'IL VOUS PLAÎT !!
MARRANT QUE TU SOIS ENCORE EN VIE, TOI.

TON AMI NON PLUS N'EST PAS MORT, TIENS.
VLAM
IL PREND UNE BALLE DANS LA TÊTE. IL MEURT. FIN.
ÇA DOIT CHANGER !
KRAK - KRAK
VOUS INQUIÉTEZ PAS.

ÇA DOIT CHANGER !
BANG
NON !
C'EST IMPOSSIBLE !!!
TOUT ÇA, C'EST FAUX !
CE N'EST PAS ARRIVÉ.

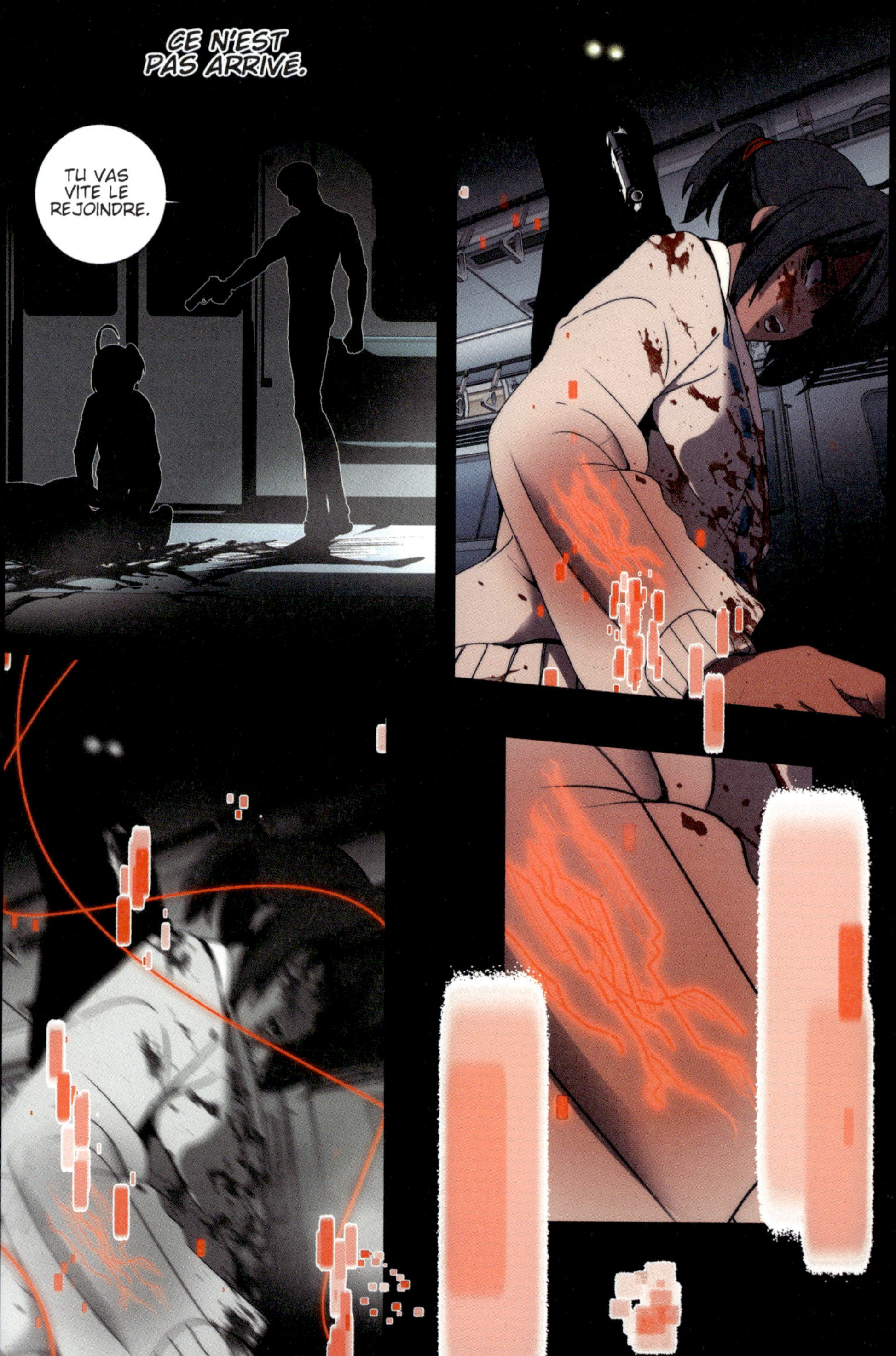
CE N'EST PAS ARRIVÉ.
TU VAS VITE LE REJOINDRE.

J'AI UNE BALLE POUR TOUT LE MONDE.
QU...?
CLIC
HUH ?
CLIC
CLIC
PUTAIN, C'EST PAS POSSIBLE, JE VIENS DE RECHARGER !
QUELLE MERDE !
LUCAS !
IL EST EN VIE !

ÇA A CHANGÉ... JE...
J'AI CHANGÉ LE PASSÉ !!
JE PEUX... TOUT REFAIRE !
HEIN ?
NON MAIS TU RÊVES OU QUOI ? TU RESTES PAR TERRE !!
BLAM
GHGN !
JE VAIS TOUT RÉÉCRIRE.
KRAK

PEU IMPORTE CE QUI SE PASSE...
GRRRR..
... JE VAIS RÉÉCRIRE L'HISTOIRE !!
NAM
QU... COMMENT TU...!?

PAS DE BOL CONNASSE, IL EST PAS CHARGÉ !!
BLAM
SLASH

C'EST QUOI...
... CETTE MERDE ?
SALOOOPE !!
MÊME SI JE RATE...
... MÊME SI C'EST À CÔTÉ...
J'SAIS PAS COMMENT T'AS FAIT, MAIS T'AS LAISSÉ PASSER TA CHANCE !!
FINI DE JOUER.
... C'EST MOI QUI DÉCIDE !

BAM
C'EST MOI QUI ÉCRIS L'HISTOIRE !
BADOM

J'AI... RÉUSSI ?
ERIN... ?
LUCAS ! ATTENDS, NE PARLE PAS ! ÇA VA ALLER !
TU VAS BIEN ?
LUCAS S'ÉVANOUIT
LA FIN A DISPARU !
ÇA VA ALLER !
AH...

JE VAIS TOUT CHANGER. JE PEUX LE FAIRE.
TOUT IRA BIEN.
TOUT SERA NORMAL.

ÇA N'EST PAS ARRIVÉ.
ÇA N'EST PAS ARRIVÉ.
ÇA N'EST PAS ARRIVÉ.
ÇA N'EST PAS... ARRIVÉ...!

CHAPITRE 08

ILS PARTAIENT EN VOYAGE DE CLASSE.
ILS ÉTAIENT TOUS DANS LE WAGON QUAND LE TERRORISTE A COMMENCÉ À TIRER.
Suivre
IL Y A DES SURVIVANTS DANS SA CLASSE ?
TOUTES LES VICTIMES N'ONT PAS ENCORE ÉTÉ ÉVACUÉES, ÇA PRENDRA UN PEU DE TEMPS.
QUELQUES SURVIVANTS SONT DANS UN ÉTAT CRITIQUE ET DÉJÀ EN ROUTE VERS L'HÔPITAL.
MAIS, POUR L'INSTANT...
... ELLE EST LA SEULE À S'EN ÊTRE SORTIE.

...
LA VOITURE 15 VIENT D'ARRIVER !
DÉGAGEZ !
DÉGAGEZ !
JE N'AI RIEN PU FAIRE...

J'AURAIS PU LES SAUVER ...
POURQUOI ?!
J'AURAIS PU... TOUS LES SAUVER.
POURQUOI ÇA NE FAIT RIEN ?!
ALLEZ ! ALLEZ !!
POURQUOI ?!
TON AMI A ÉTÉ PRIS EN CHARGE TOUT DE SUITE.
ON AURA TRÈS VITE DES NOUVELLES.
MAYA DIT : TON AMI A ÉTÉ PRIS EN CHARGE TOUT DE SUITE. ON AURA TRÈS VITE DES NOUVELLES.
ELLE DIT : JE M'APPELLE MAYA. JE SUIS DE LA POLICE.
ELLE DEMANDE : EST-CE QUE ÇA TE DÉRANGE SI JE M'ASSIEDS ?
JE M'APPELLE MAYA. JE SUIS DE LA POLICE.

BONSOIR...
EST-CE QUE ÇA TE DÉRANGE SI JE M'ASSIEDS ?
NON, ALLEZ-Y ...
TU N'ES PAS BLESSÉE ?
EST-CE QUE TU AS MAL QUELQUE PART ?
JE N'AI RIEN.
TOUT LE RESTE PEUT ATTENDRE. TU AS EU TES PARENTS AU TÉLÉPHONE ?
OUI, MON PÈRE VIENT ME CHERCHER.
OK.

VOUS NE VOULIEZ PAS PARLER ?
SEULEMENT SI TU EN AS ENVIE.
AH, JE... OUI, JE PRÉFÈRE.
DE QUOI VEUX-TU PARLER ALORS ?
CE N'EST PAS À VOUS DE DIRE ÇA ?
C'EST VOUS LA PSYCHOLOGUE...
QUOI QUE JE DISE, JE PENSE QUE TU AS SURTOUT BESOIN DE TA FAMILLE AU MOMENT PRÉSENT.
JE PEUX JUSTE FAIRE DE MON MIEUX POUR ÊTRE LÀ POUR TOI EN ATTENDANT.
...
MERCI.

TU CONNAISSAIS BEAUCOUP DE MONDE DANS TON WAGON ?
TOUTE MA CLASSE. JE LES CONNAISSAIS DEPUIS LONGTEMPS.
C'EST OK DE PLEURER. TU N'AS PAS À TE RETENIR. PERSONNE ICI NE VA TE JUGER.
...
J'AURAIS PU LES SAUVER.
TU AS DÉJÀ ÉTÉ HÉROÏQUE. REGARDE ...
TOUS CES GENS QUE TU VOIS ICI, C'EST PARCE QUE TU ÉTAIS LÀ QU'ILS SONT ENCORE EN VIE.

VOUS NE COMPRENEZ PAS...
J'AURAIS DÛ TOUS LES SAUVER. J'AURAIS DÛ...
ERIN !
!
PAPA...
ERIN ! EST-CE QUE ÇA VA ?!
BON SANG, J'AI FAIT AUSSI VITE QUE J'AI PU !!
ÇA VA ALLER, JE SUIS LÀ, MA CHÉRIE.
PAPA, JE...
UGH...
AH... UGH...

UWAAAAAH

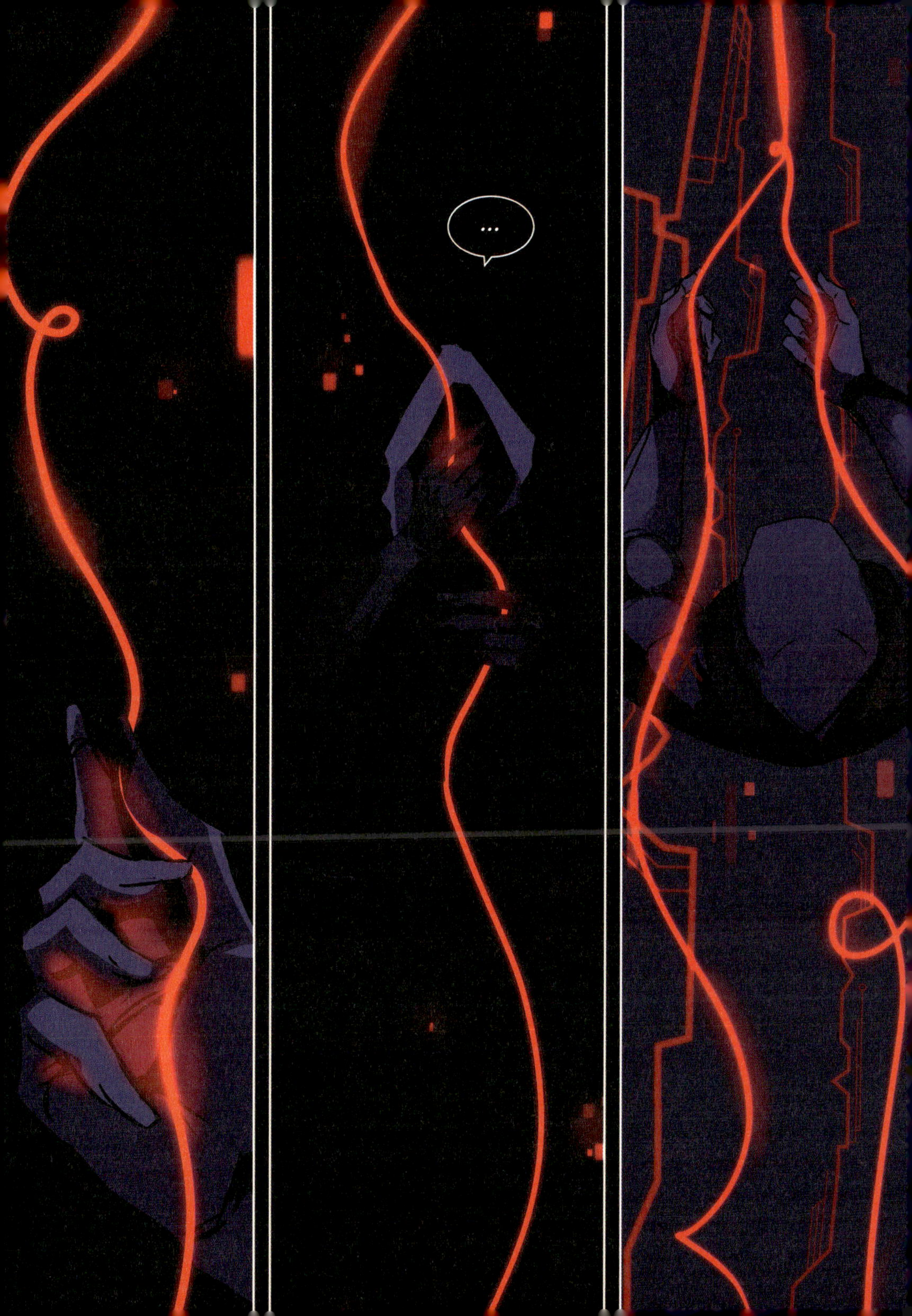

DE NOUVEAU... ELLE A RÉÉCRIT L'HISTOIRE.
N'Y AVAIT-IL PAS D'AUTRE SOLUTION ?
J'IGNORE S'IL Y EN AVAIT UNE AUTRE. JE NE PEUX QUE CROIRE QUE CELLE-CI FONCTIONNE.
ET POUR CATHRINE ? ELLE NE RESTERA PAS SANS RIEN FAIRE.
ELLE FERA SON TRAVAIL. MAIS JE NE DOUTE PAS QUE CETTE FOIS ELLE RENCONTRERA UN PEU PLUS DE RÉSISTANCE.

D'AUTRES ENNEMIS VIENDRONT...
... ET, À CE MOMENT-LÀ ...
... ELLE DEVRA ÊTRE PRÊTE À SE BATTRE.
CAR ELLE EST LA PROCHAINE CONTEUSE.

CHAPITRE 09

YTM
[LIVE]
47 MORTS ET 18 BLESSÉS DANS UN ATTENTAT AU FUSIL D'ASSAUT.
VLAM
PFF...

DÉJÀ TROIS JOURS...
J'AI L'IMPRESSION QUE LE TEMPS S'EST ARRÊTÉ.
J'AI FINI PAR COMPRENDRE MES LIMITES...
JE NE PEUX RÉÉCRIRE QUE QUELQUES SECONDES, AVANT ET APRÈS.
TANT QUE LES TEXTES SONT VISIBLES.
MAIS UNE FOIS QU'ILS DISPARAISSENT ...
... IL N'Y A RIEN QUE JE PUISSE FAIRE.

SLAP
MERDE !
TOC
TOC
TOC
ERIN, JE PEUX ENTRER ?
OUI.
J'AI EU DES NOUVELLES DE L'HÔPITAL.
LUCAS S'EST RÉVEILLÉ.

C'EST VRAI ?!
COMMENT IL VA ?!
...
COMMENT IL VA...?

[redacted]
[redacted]
TOC
TOC
TOC
OUI, ENTREZ.
LUCAS !

ERIN ?
COMMENT... COMMENT TU TE SENS ?
ÇA VA. ENFIN, JE SUPPOSE.
EST-CE QUE QUELQU'UN T'A DIT POUR...?
OUI, LES MÉDECINS M'ONT DIT ...

TU... TU VAS BIEN ?
JE SUIS SOUS ANTIDOULEURS, DONC LÀ, ÇA VA.
MAIS... ÇA FAIT DRÔLE DE PLUS POUVOIR BOUGER UNE PARTIE DU CORPS.
MAIS ÇA VA SE RÉSORBER ? LES MÉDECINS ONT DIT QUE...
POUR LE VISAGE PEUT-ÊTRE, MAIS POUR MON BRAS ET MA JAMBE DROITE...
... C'EST PROBABLE QUE JE NE PUISSE PLUS LES BOUGER.

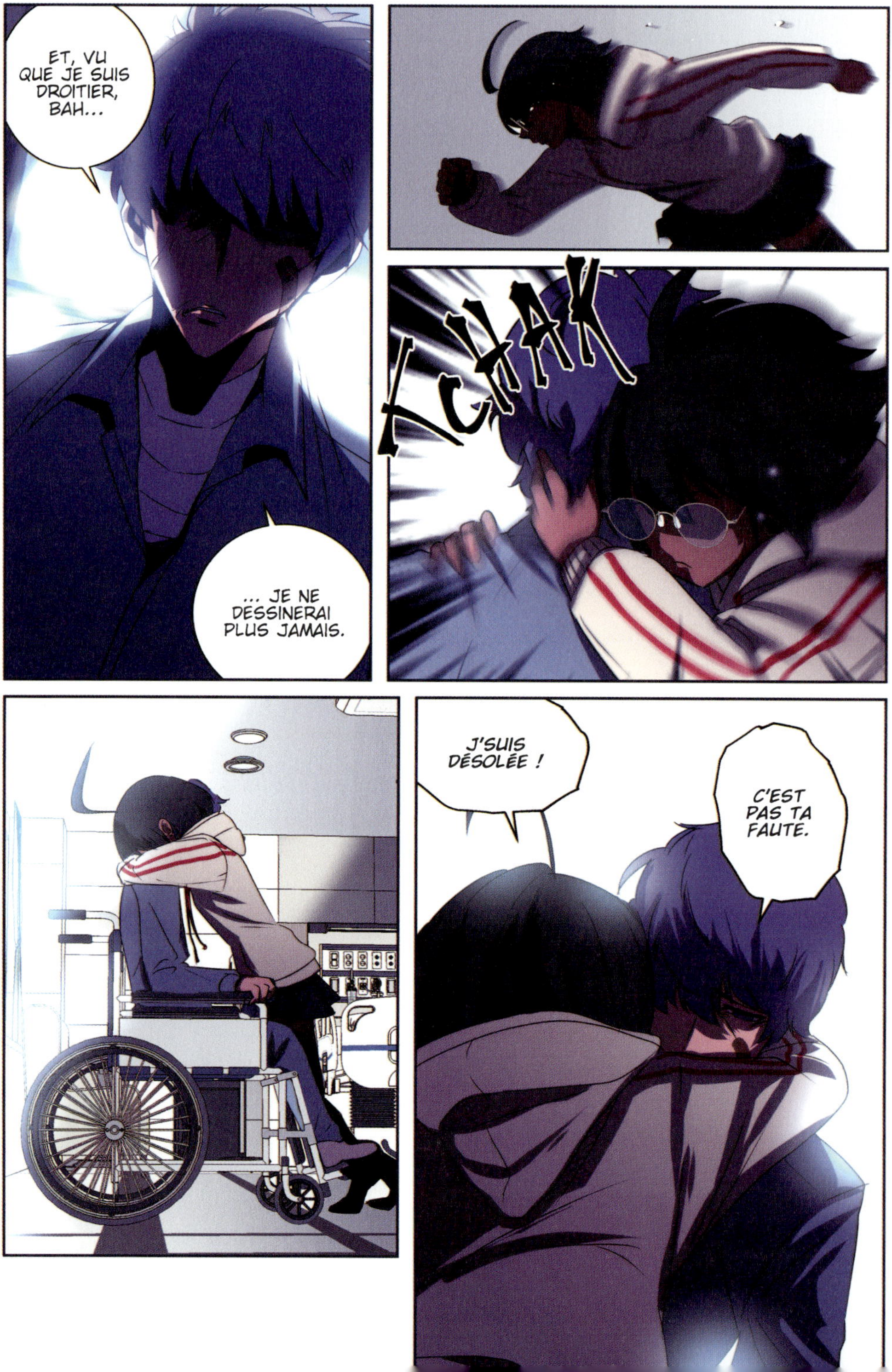
ET, VU QUE JE SUIS DROITIER, BAH...
... JE NE DESSINERAI PLUS JAMAIS.
TCHAK
J'SUIS DÉSOLÉE !
C'EST PAS TA FAUTE.

J'SUIS DÉSOLÉE ! J'SUIS DÉSOLÉE !
JE N'AI RIEN SAUVÉ.
J'SUIS DÉSOLÉE !
ATTENDS, ERIN, JE PEUX PAS RESPIRER.
PARDON, J'AI JUSTE... DÉSOLÉE.
HA HA, C'EST PAS GRAVE, T'INQUIÈTE PAS !
TOUT CE QUE JE T'AI DONNÉ, C'EST DE VIVRE SANS TON RÊVE ?
C'EST COMME ÇA QUE J'AI CHANGÉ LES CHOSES.
JE SUIS RESPONSABLE.
TU PEUX TOUJOURS TOUT CHANGER.
CETTE VOIX !!

VOUS !
LUCAS, IL NE BOUGE PLUS, QU'EST-CE QUE...
N'AIE CRAINTE.
NOUS SOMMES DANS UN ESPACE OÙ SEULS LES GENS COMME NOUS PEUVENT ENTRER.
VOUS M'AVIEZ DIT QUE JE POURRAIS LES SAUVER...
EN EFFET. JE N'AI PAS PRÉCISÉ QUAND, CEPENDANT.

VLAM
VOUS FOUTEZ PAS DE MOI !! QU'EST-CE QUE ÇA VEUT DIRE ?!
J'EN AI MARRE DES CHARADES !
RÉPONDEZ-M-
TU ES ENCORE TROP FAIBLE.
TON POUVOIR VIENT SEULEMENT DE NAÎTRE.
VLAM
TU NE LE CONNAIS PAS ASSEZ POUR CHANGER TOUTE L'HISTOIRE.

COMMENT JE FAIS ALORS ?
COMMENT ?!
JE VAIS TE MONTRER.
HÉ, QU'EST-CE QUI SE PASSE !?
MAIS OÙ...
... OÙ EST-CE QU'ON EST... ?
FILS de Soi
TU VOULAIS SAVOIR COMMENT MIEUX TE CONNAÎTRE. ICI, TU POURRAS.

POUR L'INSTANT, TU NE PEUX VOIR ET ÉCRIRE QUE SUR QUELQUES SECONDES...
MAIS CE N'EST QUE TA LIMITE ACTUELLE.
AVEC PLUS DE PRATIQUE, TU POURRAS VOIR PLUS LOIN, JUSQU'À TOUT VOIR.
JE N'AI AUCUNE RAISON DE VOUS FAIRE CONFIANCE.
AH ?!
TU N'AS PAS BESOIN DE ME FAIRE CONFIANCE.
TU VERRAS PAR TOI-MÊME QUE LE DESTIN REPREND SOUVENT SES DROITS.
HÉ, ATTENDEZ !

JE LE SAIS…
… CAR C'EST MOI QUI AI ÉCRIT CETTE PARTIE DE L'HISTOIRE.

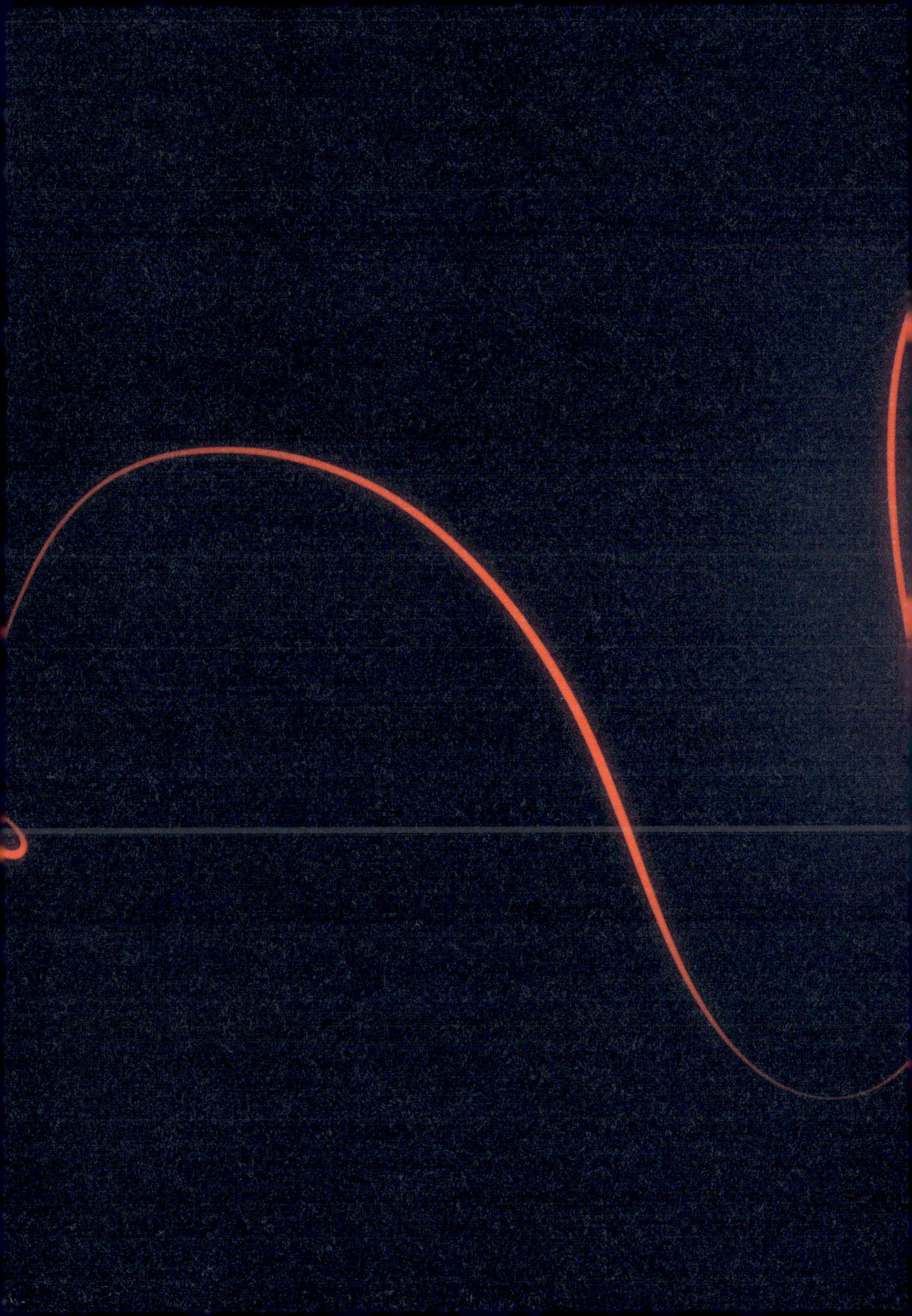

CHAPITRE 10

À QUEL POINT EST-CE QUE JE PEUX LUI FAIRE CONFIANCE ?
QU'EST-CE QU'IL Y A LÀ-BAS ?
TU PEUX TOUJOURS TOUT CHANGER.
FILS de Soi
TU VOULAIS SAVOIR COMMENT MIEUX TE CONNAÎTRE.
ICI, TU POURRAS.

ALORS COMME ÇA, T'ES UNE HÉROÏNE ?
HEIN ? QUOI ?
MES PARENTS ÉTAIENT LÀ TOUT À L'HEURE. ILS M'ONT RACONTÉ CE QUI S'EST PASSÉ.
AH...
TOUS LES JOURNAUX PARLENT DE TOI.
ILS SE FONT TOUS DES FILMS...
N'EMPÊCHE, TU M'AS SAUVÉ LA VIE...
ET IL N'Y A PAS QUE MOI.
TOC
TOC
TOC
OUI, ENTREZ.

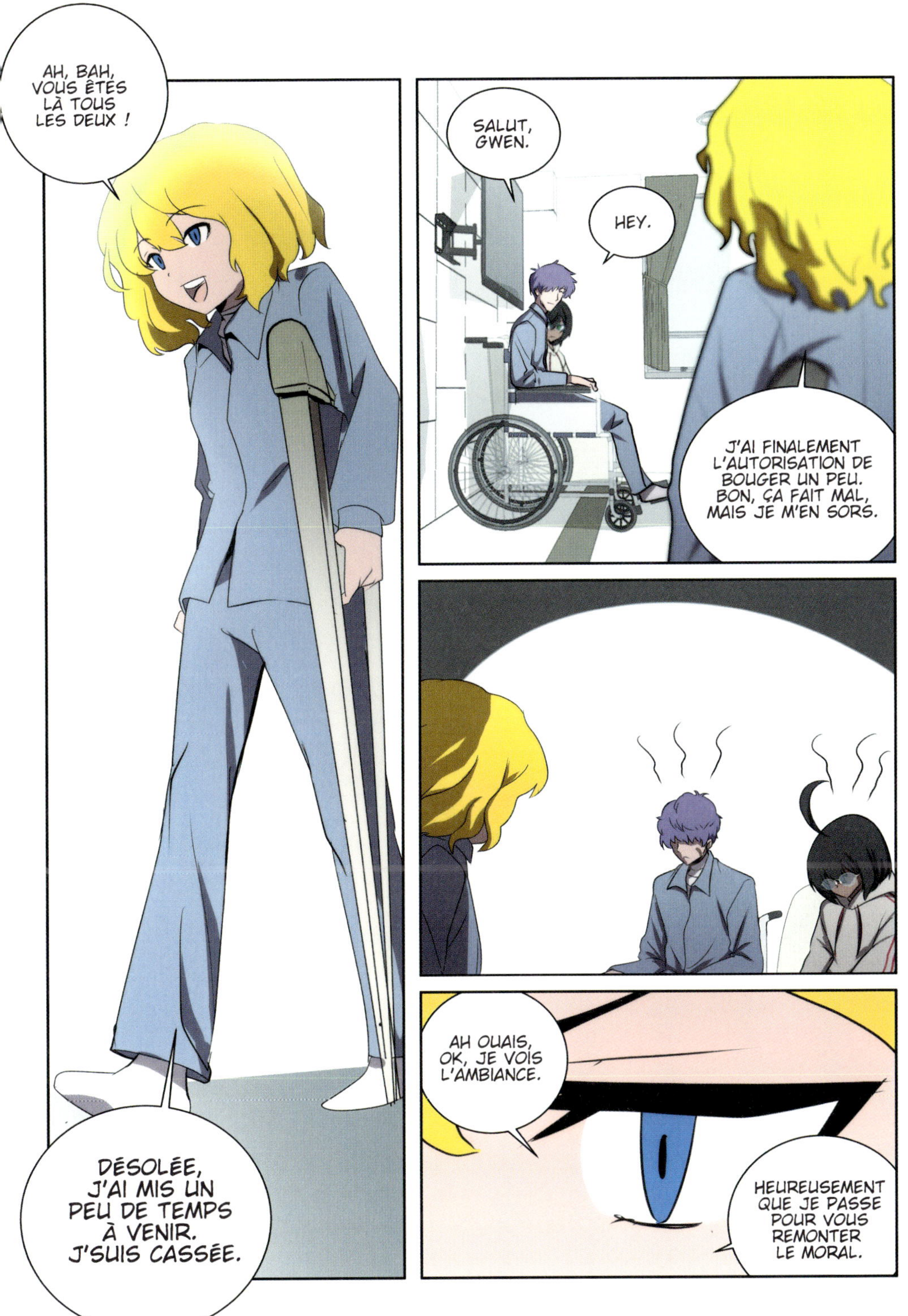
AH, BAH, VOUS ÊTES LÀ TOUS LES DEUX !
DÉSOLÉE, J'AI MIS UN PEU DE TEMPS À VENIR. J'SUIS CASSÉE.
SALUT, GWEN.
HEY.
J'AI FINALEMENT L'AUTORISATION DE BOUGER UN PEU. BON, ÇA FAIT MAL, MAIS JE M'EN SORS.
AH OUAIS, OK, JE VOIS L'AMBIANCE.
HEUREUSEMENT QUE JE PASSE POUR VOUS REMONTER LE MORAL.

DÉSOLÉE, C'EST UN PEU DUR. COMMENT TU VAS, TOI ?
HMPF, J'AI UNE SANTÉ D'ACIER.
TU SAIS CE QU'ON DIT, « LES PLUS CONS SONT LES PLUS RÉSISTANTS. »
C'EST QUOI CE DICTON...?
ET JE T'AI PAS MONTRÉ MES BLESSURES, REGARDE !
HÉ ! OH !
...
NON MAIS ÇA VA PAS !?
ROH, ÇA VA, C'EST PLEIN DE SANG, C'EST PAS SEXY !
HA HA HA ! GWEN, T'ES PAS CROYABLE.
ME FAIS PAS RIRE COMME ÇA, J'SUIS HYPER ENGOURDI !

AH, BAH VOILÀ, IL SUFFISAIT QUE J'ARRIVE POUR QUE CE SOIT UN PEU PLUS GAI.
VOUS VOULEZ FAIRE UN TRUC CE SOIR ? MOI J'AI PLEIN DE TEMPS.
GWEN : VOUS VOULEZ FAIRE UN TRUC CE SOIR ? MOI, J'AI PLEIN DE TEMPS.
GWEN FAIT SEMBLANT DE SOURIRE.
GWEN : ON POURRAIT SE FAIRE UN JEU, P'TÊT' ? JE VAIS ALLER DEMANDER.
FAUT QU'ON DEMANDE SI ON A LE DROIT.
ELLE...
ON POURRAIT SE FAIRE UN JEU, P'TÊT ? JE VAIS ALLER DEMANDER.
ELLE FAIT SEMBLANT ?
DÉSOLÉE, JE...

J'PEUX PAS, ON SE VOIT PLUS TARD !
HÉ QUOI, QU'EST-CE QUE J'AI DIT !?
329
MAIS QU'EST-CE QUE JE FAIS ?
TOUT ÇA... C'EST PAS NORMAL.
C'EST PAS RÉEL.
TANT QUE JE PEUX LE CHANGER, RIEN DE TOUT ÇA N'EST ARRIVÉ.
GWEN POURRA SOURIRE VRAIMENT.
LUCAS N'AURA PAS PERDU SON RÊVE.
ÇA PRENDRA LE TEMPS QUE ÇA PRENDRA.
JE VAIS FAIRE DISPARAÎTRE CETTE HISTOIRE !

BON...
DE TOUTES LES ADRESSES, C'EST ICI QUE ÇA RESSEMBLE LE PLUS.
ET MAINTENANT ?
C'EST LA PREMIÈRE FOIS QUE J'ENTRE DANS UN MAGASIN COMME ÇA...

WOW...
JE CONNAISSAIS LA MARQUE, MAIS J'IMAGINAIS PAS...
2560 $
WHAT ! COMMENT C'EST CHER !
SOIS NATURELLE. SOIS NATURELLE...

EXCUSEZ-MOI. MADAME ?
AH, EUH, OUI, PARDON !
VOUS ÊTES MADAME IRAQUIEL ?
OUI...? OUI, C'EST MOI ?
MADAME LA DIRECTRICE VOUS ATTEND DANS SON BUREAU. VEUILLEZ ME SUIVRE.
EUH, EUH... OK ?
HEIN ?
DAM
CLIC

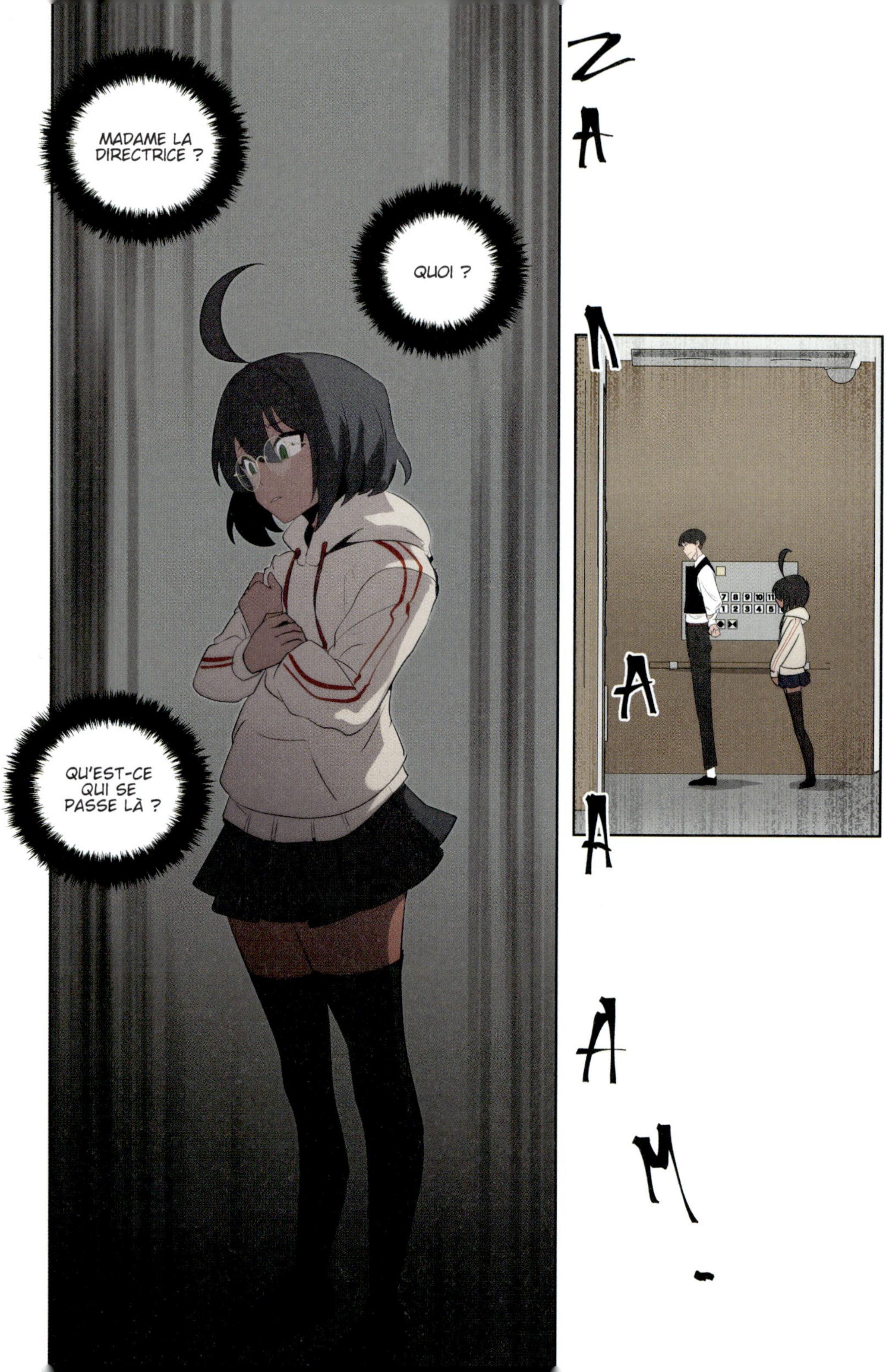
MADAME LA DIRECTRICE ?
QUOI ?
QU'EST-CE QUI SE PASSE LÀ ?
ZAAAAAAM.

JE VOUS EN PRIE. MADAME VA VOUS RECEVOIR.
D-D'ACCORD, MERCI ?
PAF
BONJOUR ERIN.
...
METS-TOI À L'AISE.
NOUS AVONS BEAUCOUP DE CHOSES À NOUS DIRE...

FUTURE CONTEUSE.

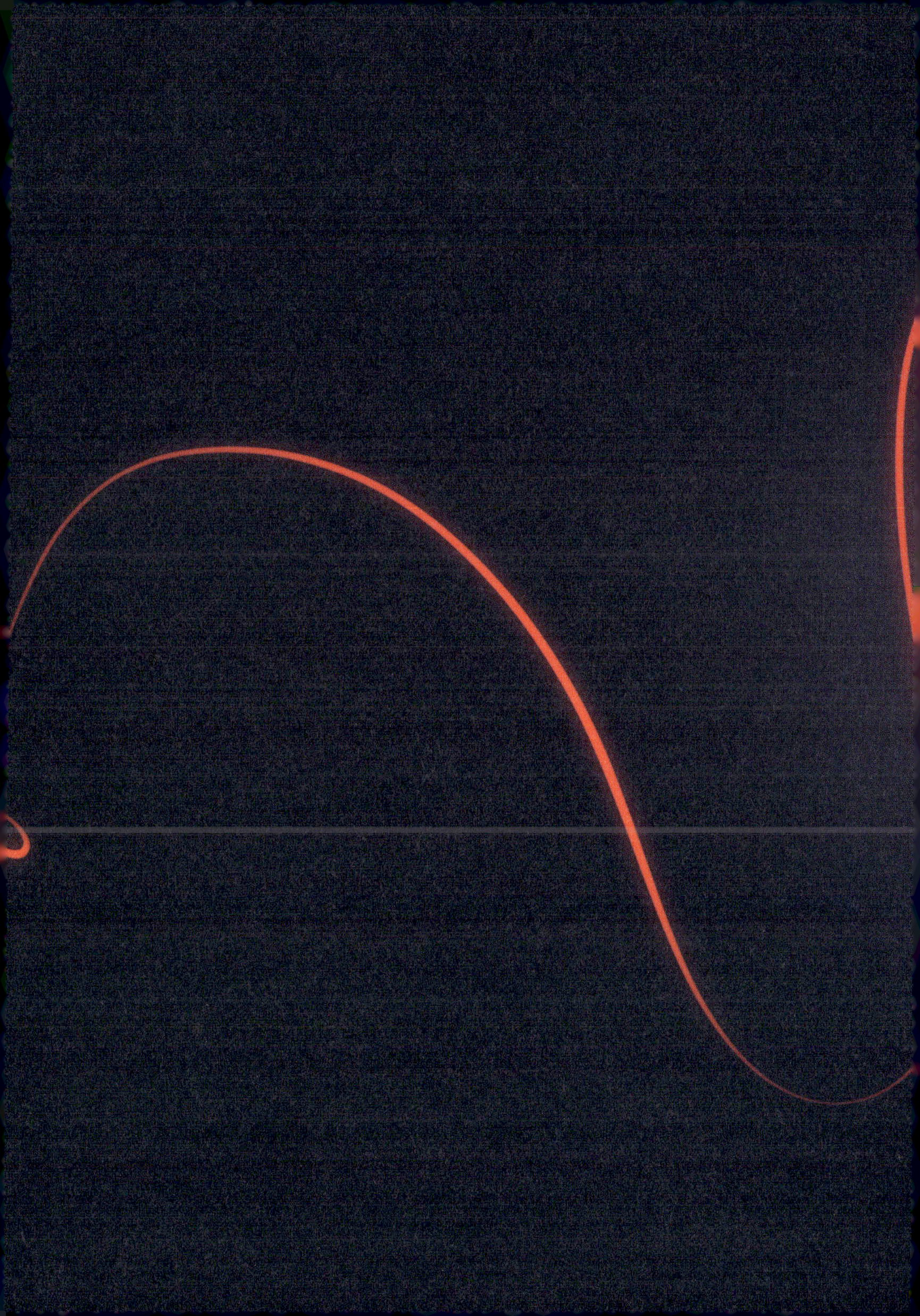

CHAPITRE 11

COMMENT...
COMMENT VOUS SAVEZ ?
MINCE, JE L'AI DÉJÀ VUE À LA TÉLÉ CETTE FEMME !
QUI C'EST, DÉJÀ ? COMMENT ELLE SAIT POUR... ?
JE TE REMERCIE D'ÊTRE VENUE AUSSI VITE.
IL SE TROUVE QUE J'AI PLUSIEURS RENDEZ-VOUS APRÈS CECI...
... DONC JE SERAI LA PLUS BRÈVE POSSIBLE.
ZAP
ZAP
TU DEVRAIS VRAIMENT T'ASSEOIR.
!?

AAAAA

AAHH!...
ZAM
VLAM

EH ?!
LA PREMIÈRE CHOSE QUE TU DOIS SAVOIR.
JE ME PERMETS DE BRISER LA GLACE...
SACHE QUE LA MAGIE EXISTE DANS CE MONDE.
HEIN ? QUOI ?
LA DEUXIÈME, C'EST QU'IL Y A DES GENS COMME TOI ET MOI QUI PEUVENT S'EN SERVIR.
ILS ONT PLUSIEURS NOMS, MAIS EN GÉNÉRAL, ON LES APPELLE DES « MAGES ».
HÉ, ATTEN-
ET LA TROISIÈME, TU M'EXCUSERAS D'ALLER UN PEU VITE...
... ON NE PARLE JAMAIS, JE SOULIGNE, JAMAIS, DE MAGIE AVEC LES NON-MAGES.
JE TE LAISSE UN PEU DE TEMPS POUR ABSORBER TOUT ÇA.
HA... HA HA...

HA HA, JE… JE CROIS QUE J'AI BESOIN D'UNE PAUSE, OUI…
OUI, JE COMPRENDS, DIS-MOI QUAND TU SERAS PRÊTE POUR LA SUITE.
MAIS… ELLE S'EN FOUT !
TU VOULAIS SAVOIR COMMENT MIEUX TE CONNAÎTRE.
QU'EST-CE QUE ÇA VEUT DIRE, « FUTURE CONTEUSE » ?
QU'EST-CE QUE VOUS SAVEZ SUR…
SUR TON POUVOIR ?
OUI…
SI JE DOIS RÉSUMER… TU PEUX LIRE L'HISTOIRE QUE LE CONTEUR ÉCRIT ET LA RÉÉCRIRE.

JE NE COMPRENDS PAS CE QUE ÇA VEUT DIRE...
LE CONTEUR ÉCRIT L'HISTOIRE DE TOUT LE MONDE.
ENFIN, PRESQUE TOUT LE MONDE.
ET CHAQUE PERSONNE SUIT SON HISTOIRE, SON DESTIN. TU AS SÛREMENT COMMENCÉ À LES VOIR...
LES FILS ROUGES.
ILS SONT LA MANIFESTATION DE CES HISTOIRES. TU ES CAPABLE DE LES LIRE ET DE LES CHANGER.
ET, AU CAS OÙ TU TE POSERAIS LA QUESTION, C'EST UNE MAGIE PLUTÔT RARE ET INCROYABLE.
J'EN SAIS QUELQUE CHOSE...

MOI AUSSI JE LES VOIS ET JE PEUX LIRE LE FUTUR.
QUOI, VOUS ...
MAIS !
CONTRAIREMENT À TOI, JE N'AI JAMAIS PU RÉÉCRIRE UNE HISTOIRE.
SI LE CONTEUR T'A AMENÉE ICI, C'EST QU'IL A DES PROJETS POUR TOI.
HEUREUSEMENT POUR LUI, TU ES CURIEUSE.
ATTENDEZ, ATTENDEZ... VOUS VENEZ DE DIRE QU'IL ÉCRIVAIT L'HISTOIRE DE TOUT LE MONDE.
POURQUOI « HEUREUSEMENT POUR LUI » ? S'IL VEUT ME FAIRE VENIR ICI, IL N'A QU'À L'ÉCRI-

ON DIRAIT QUE TU AS RÉPONDU TOI-MÊME À TA QUESTION.
COMME TU LE VOIS, TU N'ES PAS LA SEULE.
JE CROIS AVOIR PRÉCISÉ « PRESQUE TOUT LE MONDE ».
IL EXISTE DES PERSONNES QUI VIVENT HORS DE SON HISTOIRE, ET QUI NE SUIVENT AUCUN FIL.
POUR CELLES-CI, IL EST IMPOSSIBLE DE LIRE LE FUTUR. OU LE PASSÉ.
CEUX QUI N'ONT PAS DE TEXTE...
ELLE N'A PAS DE TEXTE NON PLUS...
LE CONTEUR M'A PLUS OU MOINS BRIEFÉE SUR TA SITUATION.
SI TU VEUX MAÎTRISER TON POUVOIR, IL TE FAUDRA D'ABORD DES BASES.
POUR ÇA, IL FAUDRA T'OUVRIR UN PEU L'ESPRIT.

ET ACCEPTER CERTAINES CHOSES NOUVELLES.
VLAM
TADAM
NOUS N'AVONS PAS VRAIMENT FAIT LES PRÉSENTATIONS.
ZAP

JE M'APPELLE ALICE VON DELBERT.
JE SUIS P-DG DE *FILS DE SOI*, ET UNE MAGE.

À PARTIR D'AUJOURD'HUI, JE T'ENSEIGNERAI LA MAGIE.

EH ?
SÉRIEUSEMENT ?!!
ENCORE UNE DIVERGENCE DANS CETTE VILLE...
C'EST LA DEUXIÈME EN DEUX SEMAINES.

TRISTE...
CETTE FOIS, IL Y AURA BEAUCOUP DE VICTIMES.

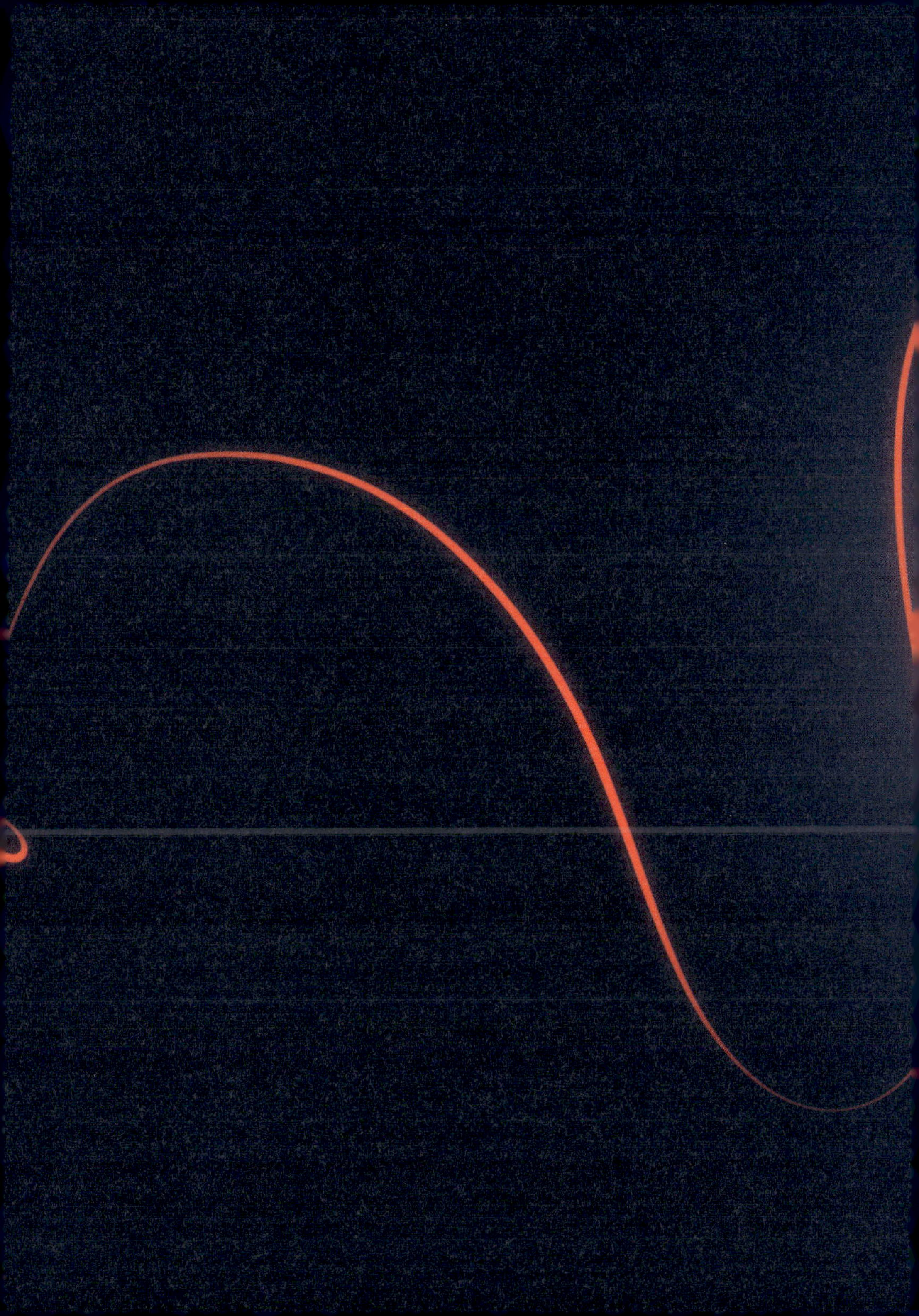

CHAPITRE 12

ALLÔ.
OUI, MA CHÉRIE, TU M'ENTENDS BIEN ?
OUI, OUI.
COMMENT TU VAS ?
ÇA VA, ÇA VA. JE VIENS DE RENTRER À LA MAISON.
APRÈS AVOIR RENCONTRÉ UNE SORCIÈRE ET APPRIS QUE LA MAGIE ÉTAIT UN VRAI TRUC, TOUT BAIGNE…
BON, TRÈS BIEN. C'ÉTAIT POUR TE DIRE QUE JE VAIS DEVOIR RESTER UN PEU TARD À LA CLINIQUE AUJOURD'HUI ENCORE.
AVEC CE QUI S'EST PASSÉ, IL Y A BEAUCOUP DE PATIENTS…
AH, OK. PAS DE PROBLÈME.

JE SUIS DÉSOLÉ... ÇA IRA TOUTE SEULE CE SOIR ?
MAIS OUI, MAIS OUI ! T'INQUIÈTE PAS.
TU ES SÛRE ?
MAIS OUI JE TE DIS !
JE TE LAISSERAI DE QUOI DÎNER DANS LE FRIGO. BON COURAGE !
MERCI. À CE SOIR, MA CHÉRIE.
À CE SOIR.
CLIC
BON...
VLAM

...
QU'EST-CE QUE JE FAIS DE CE TRUC ?
M'ENSEIGNER... LA MAGIE ?
VOUS ÊTES SÉRIEUSE ?
NE T'ARRÊTE PAS TROP SUR LA TENUE. ON NE S'HABILLE PAS COMME ÇA TOUT LE TEMPS.

JE L'AI JUSTE MISE POUR LA FORME. APRÈS TOUT, C'EST LA PREMIÈRE FOIS QUE TU VOIS UNE MAGE.
LES STÉRÉOTYPES, TOUT ÇA...
D'ACCORD...
JE PEUX ME LIBÉRER UNE HEURE, TOUS LES LUNDIS ET MERCREDIS À 19H30, EST-CE QUE CELA T'IRAIT ?
!?
POUR... DES COURS DE MAGIE ?
BIEN SÛR, QUOI D'AUTRE SINON ?
JE NE SUIS PAS DISPONIBLE CETTE SEMAINE PAR CONTRE, J'AI UN SALON IMPORTANT À PRÉPARER.
MAIS EN ATTENDANT, J'AI QUELQUE CHOSE POUR TOI.
AH, LA VOILÀ !
TIENS, PRENDS ÇA.

ET TIENS-LA DANS UNE MAIN SEULEMENT, PAS DEUX.
QU'EST-CE QUE C'EST ?
ON APPELLE ÇA UNE BALLE DE CIRCULATION.
EUH, OK ?
C'EST UN PETIT JOUET QU'ON DONNE AUX ENFANTS POUR LES ÉVEILLER À LA MAGIE.
EMPORTE-LA AVEC TOI, ET QUAND TU SERAS SEULE DANS TA CHAMBRE, PRENDS-LA À DEUX MAINS.
OK... POURQUOI DANS MA CHAMBRE ?

APPEL ENTRAN
RECEPTION
OUI, J'ARRIVE. JE TERMINE MON RENDEZ-VOUS ET JE DESCENDS.
LE TEMPS NOUS MANQUE, ALORS TU VAS DEVOIR ME CROIRE SUR PAROLE.
JE TE LAISSE MA CARTE POUR QUE TU M'APPELLES.
AH... MERCI.
DONC, C'EST COMPRIS ? NE PRENDS PAS LA BALLE À DEUX MAINS AVANT D'ÊTRE DANS TA CHAMBRE ET SEULE, D'ACCORD ?
OUI...
C'EST BIEN CLAIR ?
OUI !
PARFAIT, ALORS DANS CE CAS, J'ATTENDS TON APPEL. À TOUT À L'HEURE.
À TOUT À L'HEURE ...

...
QU'EST-CE QUI VA SE PASSER SI JE LA TOUCHE ?
BON, BAH... YOLO...

AAAHHK !!
GNHH !!
LA VACHE, C'ÉTAIT QUOI CE TRUC !?
ÇA FAIT UN MAL DE CHIEN !!
J'ARRIVE MÊME PAS À ME LEVER !

CETTE FOUTUE SORCIÈRE ! ELLE VA M'ENTENDRE !!
ALICE VON DELBERT À L'APPAREIL.
NON MAIS VOUS ÊTES PAS BIEN !?
BONSOIR, ERIN.
C'EST QUOI VOTRE TRUC DE L'ENFER, LÀ ?!

C'EST NORMAL QUE CE SOIT UN PEU DOULOUREUX, SI C'EST CELA LA QUESTION.
UN PEU DOULOUREUX ?! J'ARRIVE MÊME PLUS À ME LEVER !
NE T'INQUIÈTE PAS, C'EST PARFAITEMENT SANS DANGER.
SANS DANGER...? PAS SANS DOULEUR EN TOUT CAS !
SI TU ES COMME MOI, TU NE DEVRAIS PAS TARDER À LES VOIR.
VOIR QUOI ?

LES FILS
DU MONDE.

CHAPITRE 13

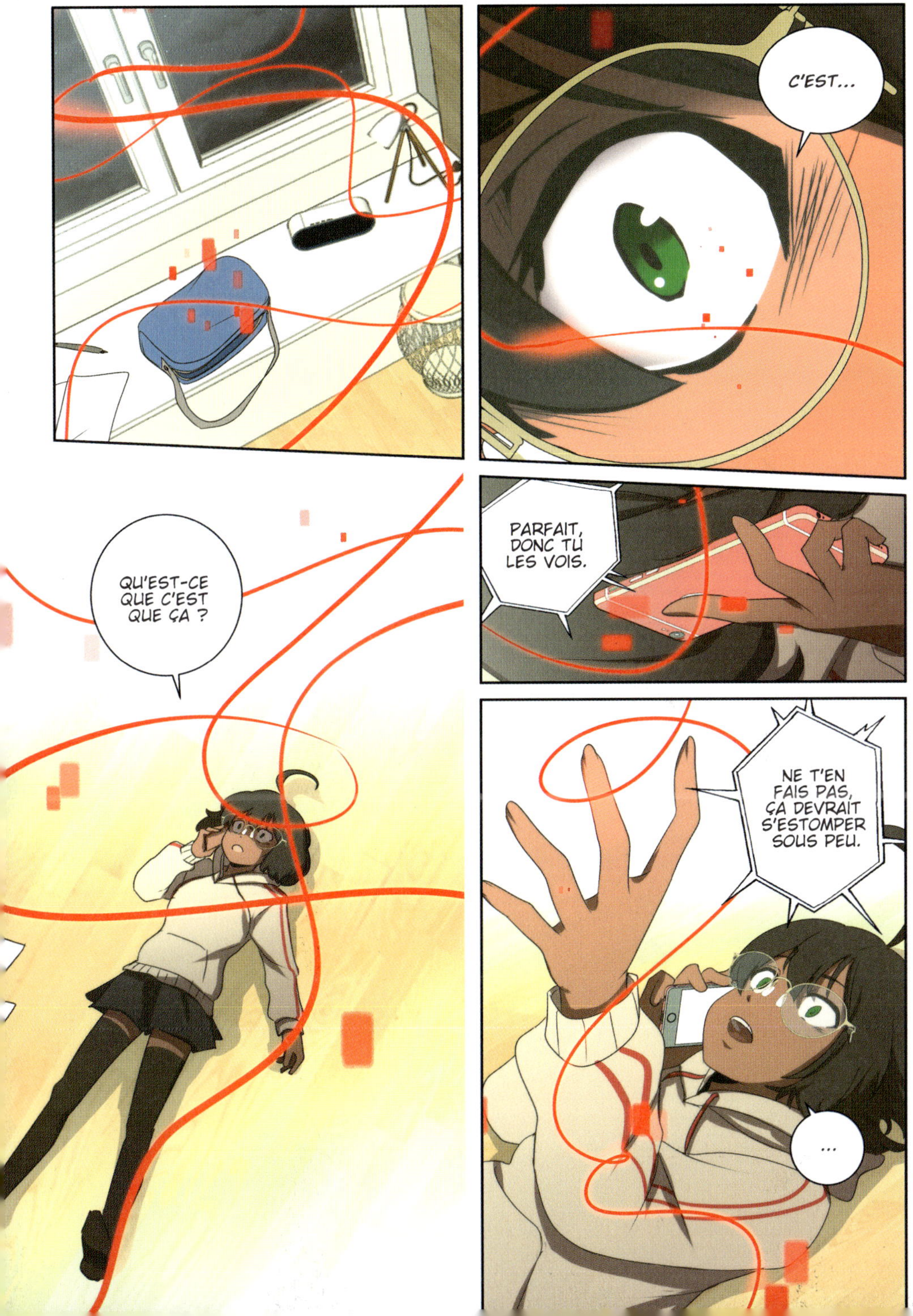
C'EST...
QU'EST-CE QUE C'EST QUE ÇA ?
PARFAIT, DONC TU LES VOIS.
NE T'EN FAIS PAS, ÇA DEVRAIT S'ESTOMPER SOUS PEU.
...

C'EST COMME LA DERNIÈRE FOIS...

LA DERNIÈRE FOIS ? TU VEUX DIRE QUE TU AS DÉJÀ VU DES FILS ?
OUI. ET QUAND JE L'AI TOUCHÉ, ÇA M'A FAIT AVOIR UNE VISION.
C'EST LÀ OÙ J'AI VU...
... LE FUTUR...
SANGLOT
...

ON PEUT SE RAPPELER PLUS TARD SI TU VEUX.
ÇA VA, J'AI JUSTE...
ÇA VA ALLER.
D'ACCORD...
DONC, DE CE QUE JE COMPRENDS, TU AS DÉJÀ LU UN FIL, ÇA REND LES CHOSES PLUS SIMPLES.
CE QUE TU VOIS, CE SONT LES FILS DU MONDE.
CHAQUE FIL EST L'HISTOIRE D'UNE PERSONNE, D'UN OBJET OU D'UN ANIMAL DU MONDE.
C'EST LE CONTEUR QUI LES TISSE, ET SI TU LES TOUCHES, EN GÉNÉRAL, CELA T'EMMÈNE À LA FIN DU FIL.
C'EST-À-DIRE, LA FIN DE SON HISTOIRE.

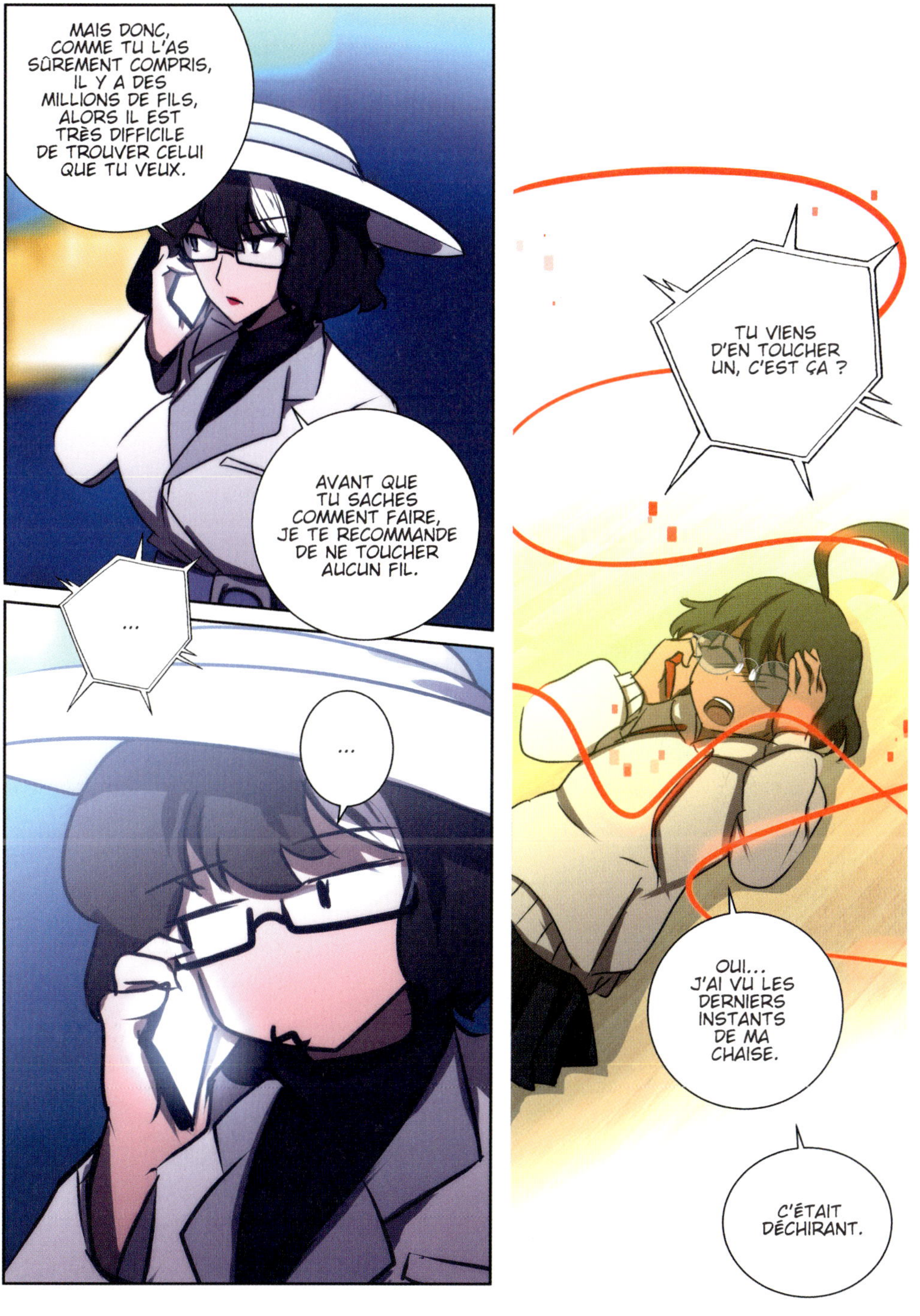
MAIS DONC, COMME TU L'AS SÛREMENT COMPRIS, IL Y A DES MILLIONS DE FILS, ALORS IL EST TRÈS DIFFICILE DE TROUVER CELUI QUE TU VEUX.
AVANT QUE TU SACHES COMMENT FAIRE, JE TE RECOMMANDE DE NE TOUCHER AUCUN FIL.
...
...
TU VIENS D'EN TOUCHER UN, C'EST ÇA ?
OUI… J'AI VU LES DERNIERS INSTANTS DE MA CHAISE.
C'ÉTAIT DÉCHIRANT.

DONC, COMME JE DISAIS... SANS SAVOIR À QUEL FIL TU TOUCHES, TU VAS JUSTE VOIR LE FUTUR D'UN OBJET ALÉATOIRE DES ENVIRONS.
DONC ÇA NE TE SERVIRA PAS À GRAND-CHOSE.
JE VOIS.
QU'EST-CE QUE JE DOIS FAIRE ALORS ?
LES FILS SONT EN TRAIN DE DISPARAÎTRE ...
D'ABORD, TU VAS DEVOIR CONTINUER À UTILISER LA BALLE QUE JE T'AI DONNÉE.

EUUUH... POURQUOI ?
SI TU VEUX VOIR LES FILS, TU AS BESOIN DE SAVOIR FAIRE CIRCULER LA MAGIE DANS TON CORPS.
DÉSOLÉE, MAIS C'EST LA BASE.
MAIS ÇA FAIT HYPER MAL...
COMME TU AS GRANDI SANS T'EN SERVIR, TON SYSTÈME DE CIRCULATION MAGIQUE EST ATROPHIÉ.
MON SYSTÈME QUEUWAH ?
ÉTANT DONNÉ QUE LA BALLE LE STIMULE, ÇA LE RÉVEILLE D'UN LONG SOMMEIL. LA DOULEUR VIENT DE LÀ, MAIS C'EST SANS DANGER.
VOUS VOULEZ DIRE, C'EST COMME QUAND ON A DES FOURMIS DANS LES JAMBES ?
EUH... OUI, VOILÀ...
COMME QUAND ON A DES FOURMIS DANS LES JAMBES ...
D'ACCORD... IL FAUT QUE JE FASSE ÇA COMBIEN DE TEMPS ALORS ?
AUCUNE IDÉE, CELA DÉPEND DE CHACUN. DANS TON CAS, VU LA MAGIE QUE TU UTILISES DÉJÀ, TU DOIS AVOIR UN POTENTIEL MAGIQUE TRÈS ÉLEVÉ.
ET DONC ?
ET DONC, ÇA VA FAIRE MAL.
SUPER...

BON BAH, JE SUPPOSE QUE J'AI PAS LE CHOIX...
DÉSOLÉE, MAIS J'AI BIEN PEUR QUE NON.
TRÈS BIEN... JE VOUS RAPPELLERAI ...
...
C'EST PAS ÇA QUI VA M'ARRÊTER.
ET AINSI, MON ENTRAÎNEMENT COMMENÇA.
AARGH !! TON PÈRE LE F... !!!

JE M'APPELLE ERIN IRAQUIEL. MERCI DE M'ACCUEILLIR DANS VOTRE CLASSE.
MERCI BEAUCOUP, ERIN. TU PEUX ALLER T'ASSEOIR. NOUS T'ACCUEILLONS TOUS AVEC PLAISIR.

C'EST ELLE ?
TROP BADASS.
OUAIS, C'EST CELLE QUI A BUTÉ LE TERRORISTE.
IL PARAÎT QUE C'EST LA SEULE À S'EN ÊTRE SORTIE INDEMNE.
C'EST DINGUE...

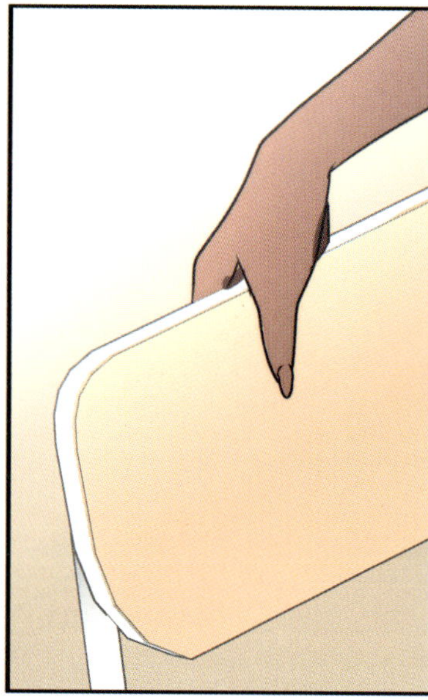

EH BEH, T'ES DÉJÀ MÉGA POPULAIRE.
...
PAS POUR LES BONNES RAISONS.

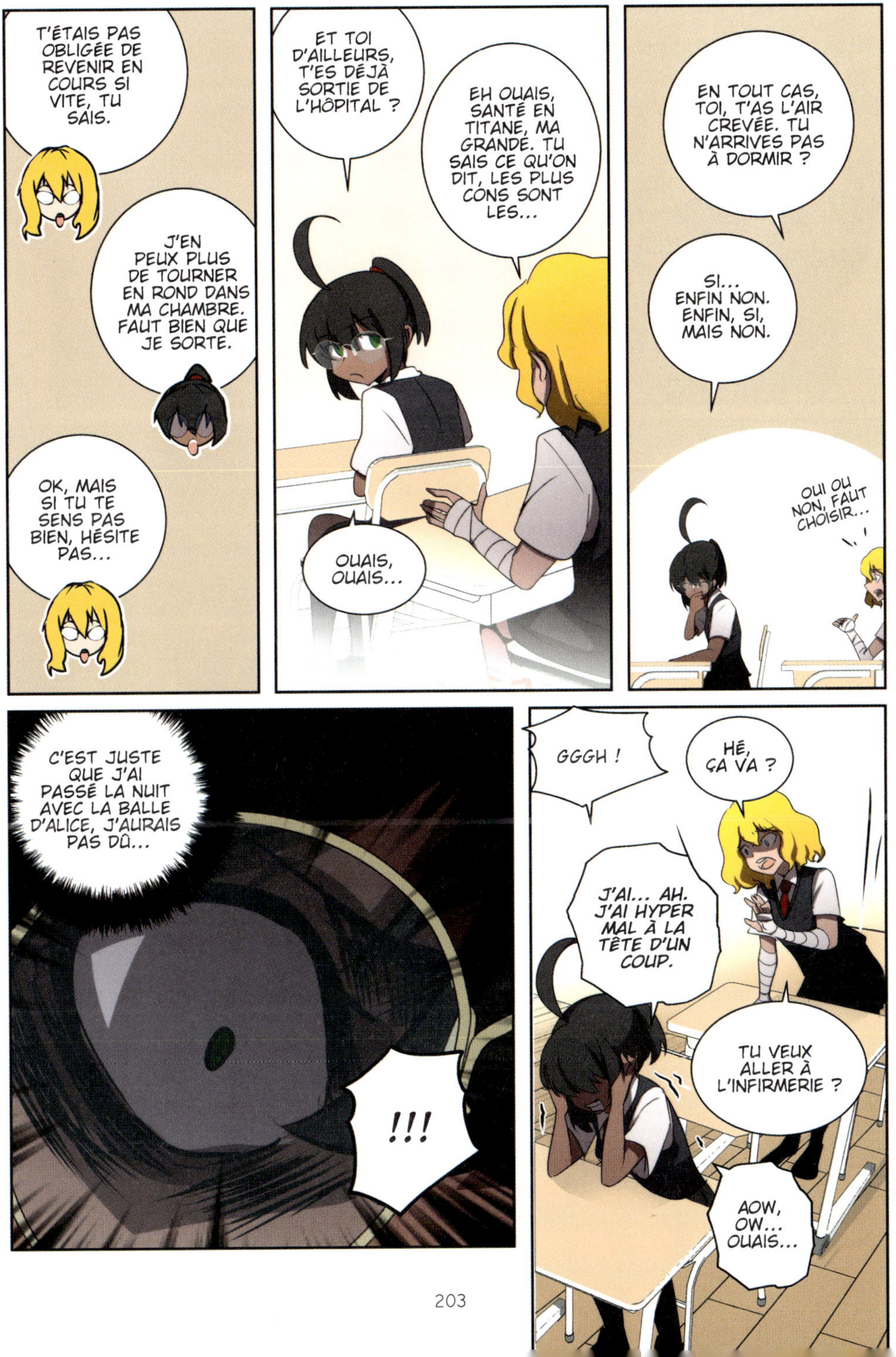

T'ÉTAIS PAS OBLIGÉE DE REVENIR EN COURS SI VITE, TU SAIS.
J'EN PEUX PLUS DE TOURNER EN ROND DANS MA CHAMBRE. FAUT BIEN QUE JE SORTE.
OK, MAIS SI TU TE SENS PAS BIEN, HÉSITE PAS...
ET TOI D'AILLEURS, T'ES DÉJÀ SORTIE DE L'HÔPITAL ?
EH OUAIS, SANTÉ EN TITANE, MA GRANDE. TU SAIS CE QU'ON DIT, LES PLUS CONS SONT LES...
OUAIS, OUAIS...
EN TOUT CAS, TOI, T'AS L'AIR CREVÉE. TU N'ARRIVES PAS À DORMIR ?
SI... ENFIN NON. ENFIN, SI, MAIS NON.
OUI OU NON, FAUT CHOISIR...
C'EST JUSTE QUE J'AI PASSÉ LA NUIT AVEC LA BALLE D'ALICE, J'AURAIS PAS DÛ...
!!!
GGGH !
HÉ, ÇA VA ?
J'AI... AH. J'AI HYPER MAL À LA TÊTE D'UN COUP.
TU VEUX ALLER À L'INFIRMERIE ?
AOW, OW... OUAIS...

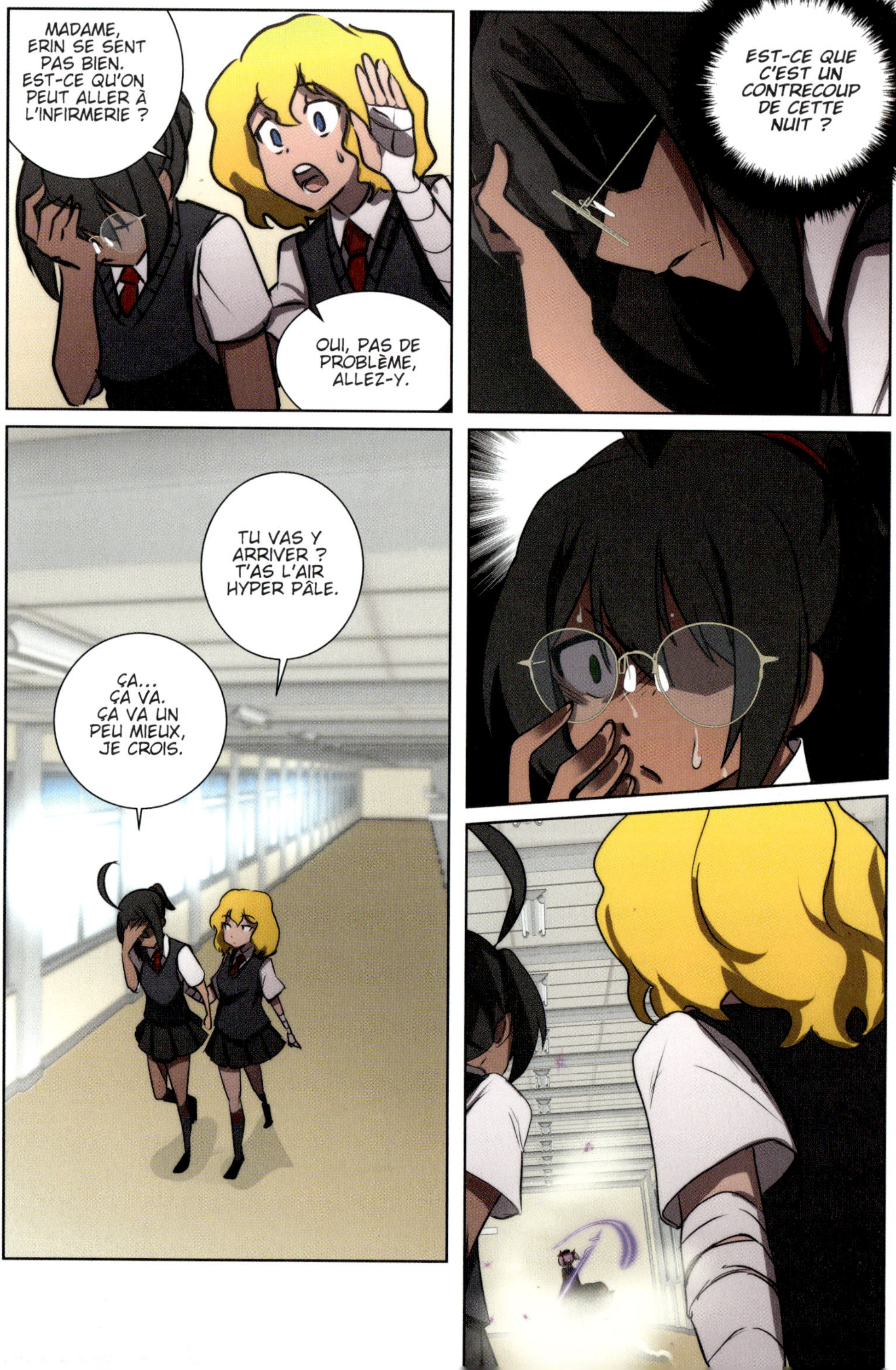
MADAME, ERIN SE SENT PAS BIEN. EST-CE QU'ON PEUT ALLER À L'INFIRMERIE ?
OUI, PAS DE PROBLÈME, ALLEZ-Y.
EST-CE QUE C'EST UN CONTRECOUP DE CETTE NUIT ?
TU VAS Y ARRIVER ? T'AS L'AIR HYPER PÂLE.
ÇA... ÇA VA. ÇA VA UN PEU MIEUX, JE CROIS.

CETTE FILLE...
JE L'AI DÉJÀ VUE QUELQUE PART...
QU'EST-CE QU'ELLE TIENT DANS LA MAIN ?
UNE AMBULANCE !! APPELEZ UNE AMBULANCE !!
QU'EST-CE QUI S'EST PASSÉ !?
C'EST UN ÉLÈVE, IL A...

IL NE RESPIRE PLUS !

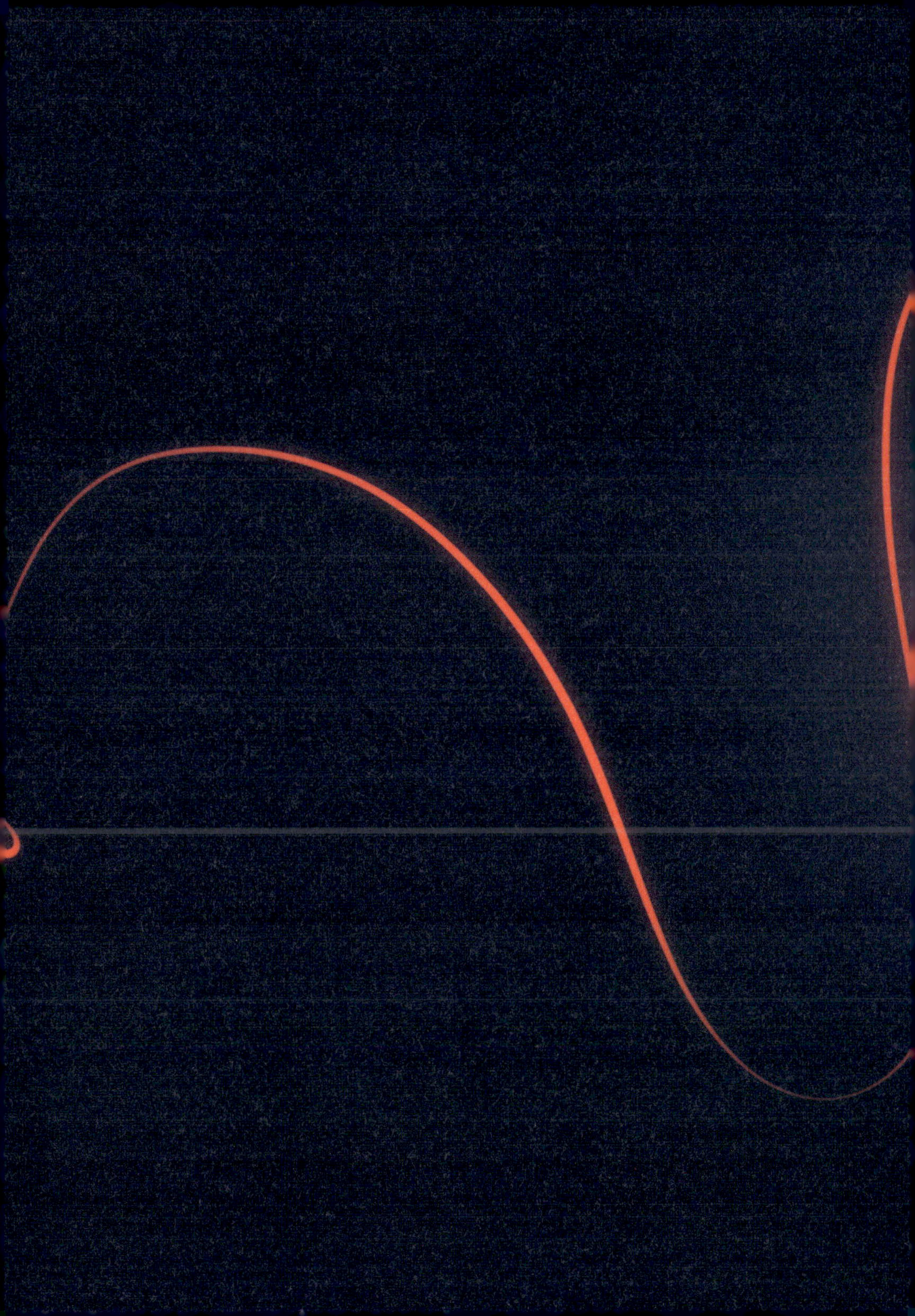

CHAPITRE 14

IL NE RESPIRE PLUS !
QU'EST-CE QUI SE PASSE ?
ATTENTION, PARDON !
PARDON !
OKAY, HUM... C'EST PEUT-ÊTRE PAS LE MOMENT D'ALLER À L'INFIRMERIE.
C'EST PAS GRAVE, MON MAL DE TÊTE EST PASSÉ.
OK, ON RETOURNE EN CLASSE ALORS ?
...

BONNE NUIT CHATON. BON COURAGE POUR DEMAIN !
HIER 23:49
MERCI !! BONNE NUIT MON CHÉRI.
HIER 23:50
AUJOURD'HUI
COUCOU TOI ! COMMENT TU TE SENS CE MATIN ?
07:12
LOL, TU DORS ENCORE ?
10:02
HELLO ??? ON PEUT S'APPELER CE MIDI ? IL S'EST PASSÉ UN TRUC...
11:10
PFFF...

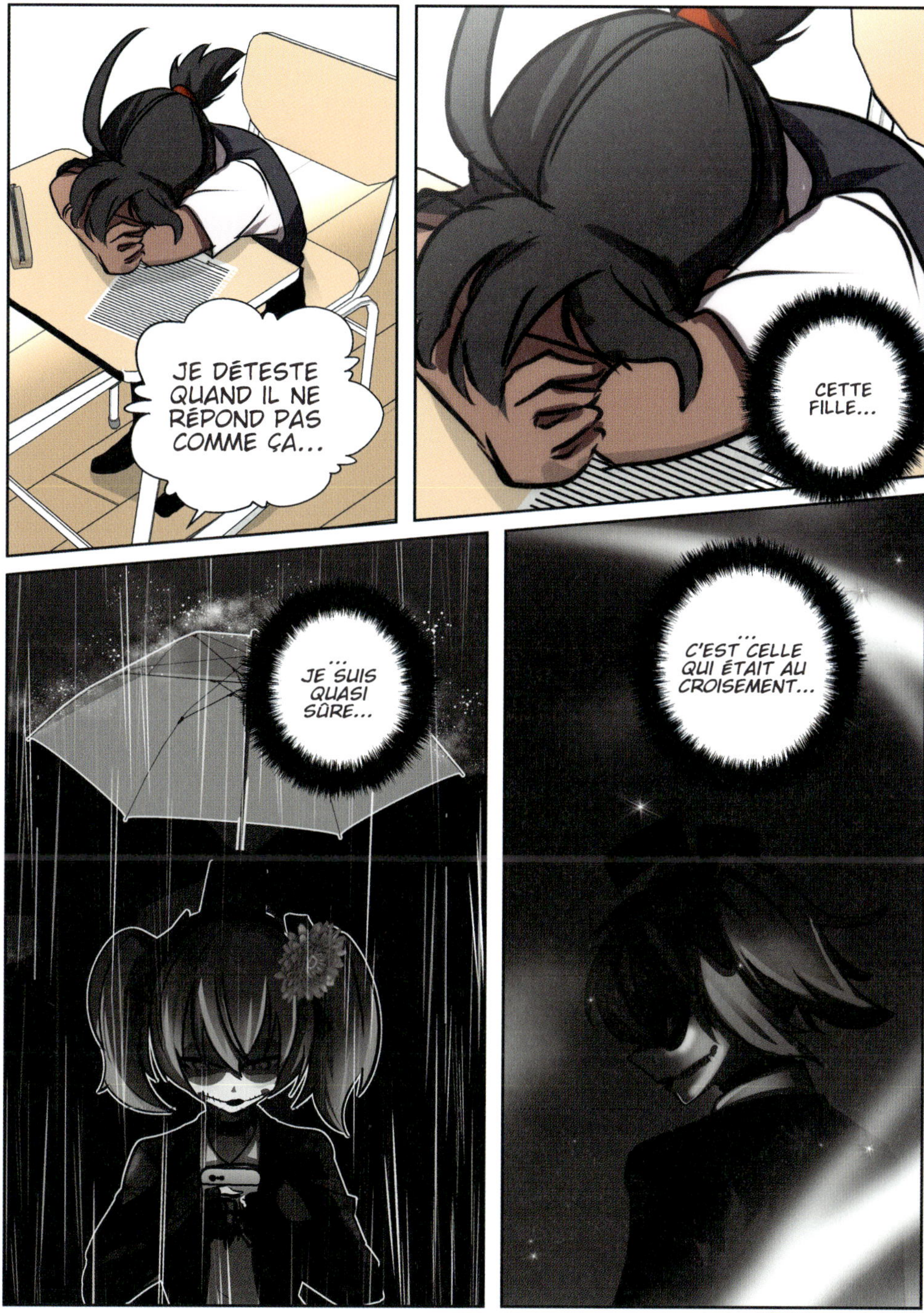
JE DÉTESTE QUAND IL NE RÉPOND PAS COMME ÇA...
CETTE FILLE...
... JE SUIS QUASI SÛRE...
... C'EST CELLE QUI ÉTAIT AU CROISEMENT...

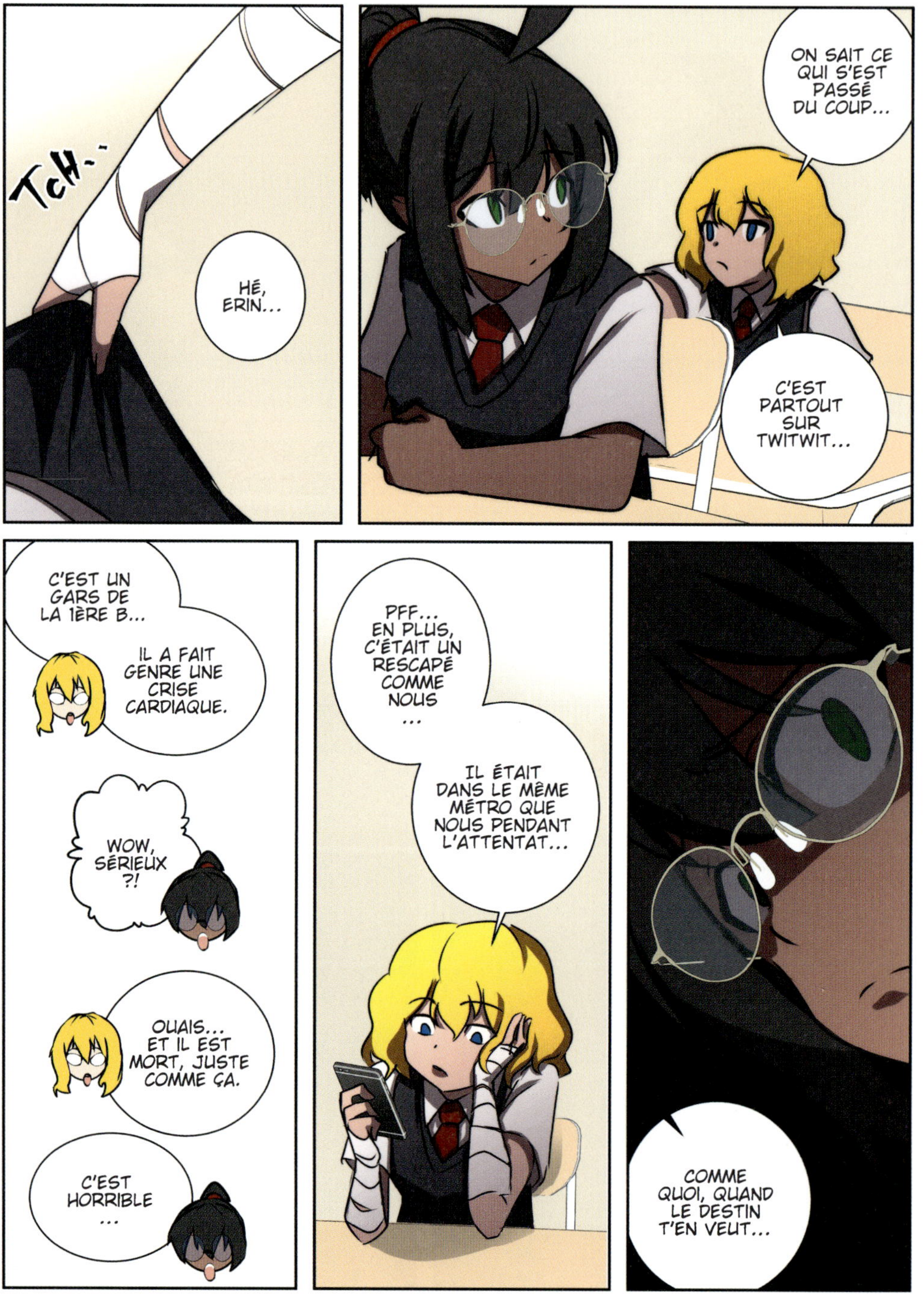
TCH...
HÉ, ERIN...
ON SAIT CE QUI S'EST PASSÉ DU COUP...
C'EST PARTOUT SUR TWITWIT...
C'EST UN GARS DE LA 1ÈRE B...
IL A FAIT GENRE UNE CRISE CARDIAQUE.
WOW, SÉRIEUX ?!
OUAIS... ET IL EST MORT, JUSTE COMME ÇA.
C'EST HORRIBLE ...
PFF... EN PLUS, C'ÉTAIT UN RESCAPÉ COMME NOUS ...
IL ÉTAIT DANS LE MÊME MÉTRO QUE NOUS PENDANT L'ATTENTAT...
COMME QUOI, QUAND LE DESTIN T'EN VEUT...

DÉSOLÉE, JE DEVRAIS PAS DIRE ÇA.
J'AVOUE QUE J'SUIS PAS SEREINE MAINTENANT ...
HI !!
ZOM
OUI, ERIN ?
DÉSOLÉE MADAME, JE VAIS QUAND MÊME ALLER À L'INFIRMERIE.
MAIS ÇA VA, JE PEUX Y ALLER SEULE.

OUI, BIEN SÛR, AUCUN PROBLÈME.
EUH, OK ?
HÉ, EUH ...
ÇA VA ?
JE T'APPELLE.
QUOI ? POUR-QUOI ?
DAM
ZIP

ÇA SE PEUT PAS !!
TU VERRAS PAR TOI-MÊME QUE LE DESTIN REPREND SOUVENT SES DROITS.
ÇA SE PEUT JUSTE PAS !
ALLEZ !!
RÉPONDS LUCAS, S'IL TE PLAÎT !!

BONJOUR, VOUS ÊTES BIEN SUR LA MESSAG-
BORDEL DE MERDE !
LUCAS, POURQUOI ...
POURQUOI TU RÉPONDS PAS...?
ZAAP

MADAME, S'IL VOUS PLAÎT !
328
LUCAS !!
VLAM
WOW !

TU M'AS FAIT PEUR, HÉ !
QU'EST-CE QU'IL Y A ? Y A PAS COURS AUJOURD'HUI ?
POURQUOI, HAAA... POURQUOI TU RÉPONDS PAS À TON PORTABLE ?
AH, JE L'AI CASSÉ CE MATIN, J'AI ROULÉ DESSUS SANS FAIRE EXPRÈS ...
ME DIS PAS QUE C'EST POUR ÇA QUE T'ES VENUE EN COURANT ?
MAIS T'ES TROP CHOU, AH LA LA !
T'ÉTAIS INQUIÈTE ?
JE VEUX ÊTRE SÛRE.
JE T'AURAIS APPELÉE PLUS TARD...
SI JE PEUX TROUVER SON FIL, JE POURRAI VOIR SON FUTUR...

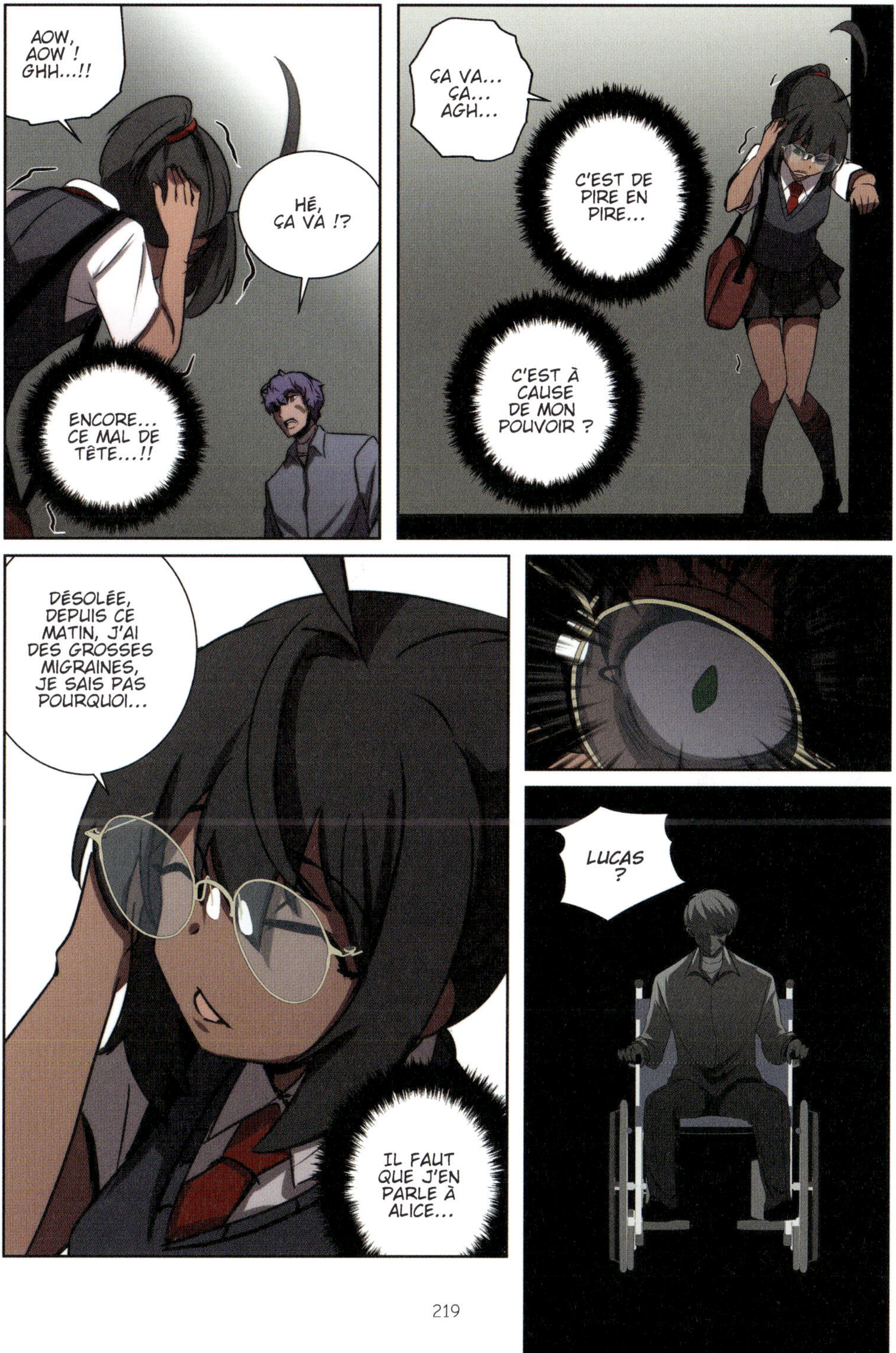
AOW, AOW ! GHH...!!
HÉ, ÇA VA !?
ENCORE... CE MAL DE TÊTE...!!
ÇA VA... ÇA... AGH...
C'EST DE PIRE EN PIRE...
C'EST À CAUSE DE MON POUVOIR ?
DÉSOLÉE, DEPUIS CE MATIN, J'AI DES GROSSES MIGRAINES, JE SAIS PAS POURQUOI...
IL FAUT QUE J'EN PARLE À ALICE...
LUCAS ?

EUH... QUOI ?
POURQUOI IL... NE BOUGE PLUS...?
HÉ, TOI.
JE NE TE LE DEMANDERAI QU'UNE SEULE FOIS.

POURQUOI EST-CE QUE TU PEUX ENCORE BOUGER ?
À SUIVRE…

NOS PUBLICATIONS À NE PAS RATER

CLARITY / LE CHEF OTAKU

ARENA

CEUX QUI VONT MOURIR TE SALUENT.

Gabriel semble être un jeune timide et réservé. C'est en réalité un psychopathe qui s'efforce de refouler ses pulsions violentes pour s'intégrer à la société. Tout bascule le jour où ses camarades de classe et lui sont pris dans une étrange tempête qui les transporte au milieu d'une arène sanguinaire où ils devront combattre pour survivre. Gabriel osera-t-il révéler sa vraie nature à ses camarades ?

4 TOMES DISPONIBLES

PRINCE ROURS

ORAGE

FAIS PARLER LA FOUDRE !

Après une mission qui a mal tourné, le jeune sorcier Orage se retrouve parasité par une cape démoniaque du nom de Gello. Orage, qui avait déjà du mal à contenir ses pouvoirs, va devoir composer avec son nouveau compagnon forcé pour tenter de remporter le tournoi qui s'organise bientôt à Oni-Tokyo !

2 TOMES DISPONIBLES

TONY

LE ROI DES BUGS

BIENVENUE DANS LE MMORPG RE WORLD ! AMUSEZ-VOUS BIEN.

Katsumi Haruyama, développeur dans une boîte de jeux vidéo minable, corrige seul les bugs d'un MMORPG, *Re World*. Un travail abyssal, que Katsumi rend plus simple en transformant certains bugs en easter eggs donnant des super pouvoirs aux joueurs qui les trouveront. Une idée qui va peut-être le sauver quand il se trouvera réellement plongé dans Re World, entouré de monstres... et de ses collègues !

2 TOMES DISPONIBLES

ZEN

TSUBAKEN

UNE SAGA QUI TABASSE !

Outfit city. Dans une société maîtrisée par le pouvoir en place, où la télévision insipide endort les masses, des gangs de jeunes vendent illégalement de la bonne vieille culture lowtech. Parmi eux : Barlog, le caïd du Lycée Gloves, où arrive un nouvel élève, Kenrick, coiffé d'une invraisemblable masse de cheveux. Barlog veut aussitôt bizuter Kenrick. Sauf que ce dernier, placé dans un foyer, a été renvoyé de nombreux lycée pour violence... Et malgré sa volonté de ne pas rater sa dernière chance d'être scolarisé, il sent vite ses poings le démanger...

1 TOME DISPONIBLE

PEFC 10-31-3162

Imprimé par Imprimerie de Champagne Nouvelle,
ZI Les Franchises, rue de l'étoile de Langres,
52200 Langres, France.

Achevé d'imprimer en mai 2024.

WWW.DUPUIS.COM